TAKE
SHOBO

私をふったはずの
美貌の伯爵と政略結婚
…からのナゼか溺愛新婚生活
始まりました!?

山野辺りり

Illustration
ことね壱花

蜜猫
MitsuNeko

contents

イラスト／ことね壱花

私をふったはずの美貌の伯爵と政略結婚

…からのナゼか溺愛新婚生活始まりました!?

プロローグ

兄の幼馴染である彼が屋敷に遊びに来るのが、リュシーにとって最高に楽しみなことになったのはいつからか。

正確には覚えていない。

だが気づけば心待ちにし、顔を合わせられた日には天にも昇る気持ちで一日をすごせた。

そしてまた次に会える日を指折り数えたものだ。

フェリクス・アランソン。

アランソン伯爵家の次男にしてリュシーの兄の親友。

やや頼りなく、万年お花畑が脳内に広がっているような兄ロイの友人とは到底信じられない、聡明《そうめい》で寡黙な大人びた少年は、リュシーの五つ年上だった。

彼に出会うまでリュシーが『男性は、女性よりなかなか大人になりきれない生き物』と内心考えていたのは、秘密である。

兄に対しては一度も感じたことのない『落ち着き』を身につけた彼は、リュシーにも優しく接してくれた。

繊細さとは無縁な兄を見慣れていたリュシーにとっては、衝撃そのもの。

世の中には、こんなに素敵で頼《たよ》り甲斐のある少年が存在していたのかと驚くと共に、たちまち恋に堕《お》ちたのだと思う。

会う度にちょっとした菓子や一輪の花をリュシーにプレゼントしてくれ、時には本を読んでくれた。

博識なフェリクスはこちらのどんな質問にも答えてくれたし、説明は理路整然としていて年少のリュシーにも分かりやすかった。

それでいてリュシーを子ども扱いはしない。レディとして尊重し、照れを滲《にじ》ませた笑顔を向けてくれた。

そんな人に心奪われないわけがない。

やがて彼を常に視線で追うようになったのは、自然なことだ。

リュシーが社交界デビューをする年になり、どこかから『アランソン伯爵家は没落寸前』『かなり困窮している』『後継者争いで泥沼だ』と嘲笑交じりの噂《うわさ》が流れて来ても、気持ちに変化はなかった。

ああだから、昔くれた贈り物は道端にさりげなく咲いている花が多かったのかと納得しただけ。ああいったプレゼントを嫌がる者もいるかもしれないが、むしろリュシーは好意的に受け取った。

ひょっとしたら、フェリクス自ら花を摘んでくれたのでは。そう考えると、喜びしか広がらなかった。

本当なら、友人の妹に手土産を用意する必要なんて全くない。だがリュシーが毎回喜ぶから、何かしら準備して来てくれたのではないか。

楽しい妄想だけで日々が潤う。

『こんにちは』

とはにかみながら挨拶する彼の声が低く変化し、愛らしさが勝っていた見た目はぐんぐんと男性らしく変わっていった。

日々素敵になってゆくフェリクスに恋慕は募るばかり。早く大人になりたいと、何度神様に願ったことか、知れやしない。追いつけるはずのない年齢差が、この上なく恨めしかった。

リュシーが十六歳。彼が二十一歳になった年。

膨らみきった恋心をもはや抑えられなくなり、リュシーは満を持してフェリクスに思いの丈を告白すると決めた。

恋に恋する乙女が選んだ場所は夜会。

独身の貴族が結婚相手を探す場でもある。そこでならうってつけだと考え、エスコートしてくれた兄の目を盗んで、一人テラスで涼むフェリクスを追いかけた。

その日夜会が開かれたのは、庭園が素晴らしいと評判のポッテンジャー侯爵家。

歴史ある侯爵家の庭は、噂に違わぬ美しさだった。

あちこちに灯《とも》された明かりで満開の花が宵闇に浮き上がる。幻想的な光景は、一世一代の大勝負に彩を添えてくれると、あの日のリュシーは信じて疑いもしなかった。

いつも親切に接してくれる彼ならば、自分の気持ちを受け入れてくれると、楽観視していたのは否定できない。

振られるなんて、考えもしなかったのは、今思えばとても滑稽だ。

頬《ほお》を染め、『貴方《あなた》が好きです』と告げたリュシーに返された言葉は、あまりにも辛辣だった。

『悪いけど、君は友人の妹以上でも以下でもない』

これまで聞いたこともない冷たい声音で言われ、瞬間リュシーの頭は真っ白になった。

告げられた台詞《せりふ》が脳内で木霊する。それなのに意味が汲《く》み取《と》れない。

いや、理解したくなくて、全力で拒否していた。

『……え?』

『勘違いさせたなら謝るよ。でも金輪際、そういう面倒なことは口にしないでほしいな』

いっそ吐き捨てる勢いで。

冷たい拒絶は、取り付く島もなかった。室内から漏れる明かりが、フェリクスの横顔を照らし皮肉なほど美麗に魅せる。愕然《がくぜん》としたまま、こんな時でも艶《つや》やかな彼の黒髪からリュシーは視線を逸《そ》らせずにいた。

『面倒……なんて、そんな……』

『本当はずっと、君の相手をするのも煩《わずら》わしかったんだ。だけどロイの妹をぞんざいには扱えない。それに裕福なメクレンブルク子爵家とは良好な関係を築いておいて損はないじゃないか。仮に子爵を怒らせでもしたら、厄介だ。僕だって友人を失いたくはない。だからいつも付き纏《まと》ってきて鬱陶《うっとう》しいのを我慢し君と話を合わせていたんだよ。子爵が子どもたちを溺愛しているのは有名だからね』

勝気なところがあり、控えめなレディとは言い難いリュシーの社交界での評判は、上々とは言えない。小生意気な娘だと噂されているのは耳にしていた。

けれどここまで真正面から悪意をぶつけられたのは初めてで、リュシーは完全に言葉をなくした。

何も、口から出てこない。ひどいと詰《なじ》ることも、怒ることも悲しむことさえできなかった。

ひたすら呆然《ぼうぜん》として、冷然とこちらを見下ろすフェリクスを見つめるだけ。

しかしそれすら彼が顔を背けたことで叶《かな》わなくなる。

『……とにかくそういうことだから、これからはあまり話しかけないでほしい。君に親切にしていたのは、単純にメクレンブルク子爵家の娘であり友人の妹という、利用価値があったからだよ』

踵《きびす》を返したフェリクスの背を追うことはとてもできなかった。そんな気力はどこからも湧いてこない。しばらく呆然とし——兄が迎えに来てくれるまで、リュシーはその場から一歩も動けなかった。

恋が、終わった。それも最悪な形で。

憧れはぐちゃぐちゃに踏みにじられ、いとも簡単に捨てられた。まるで、欠片《かけら》ほどの価値もないと言わんばかりに。

傷ついた心が痛みを訴えて苦しい。息もできやしない。せめてもの救いは、こんな最低な場面を他人に見られず済んだことだ。

フェリクスは声を荒げることなく、むしろごく静かにリュシーに引導を渡した。

その上、速やかに会場に戻っていったのだから、自分たちがここで二人きりで会っていたことを知る者もいないだろう。

昼間なら美しい庭を望めるテラスだが、今はひと気がなく庭園も静まり返っている。精々、どこから紛れ込んだのか猫か何かが繁《しげ》みを揺らしただけ。

ガサッと草を踏む音に一瞬リュシーは身を竦《すく》ませたものの、その後は静寂が訪れた。

つまり皮肉にも、彼が迅速にリュシーを振ってくれたことで、こちらの名誉が守られたとも言えた。

『はは……っ、馬鹿みたい。私ったら必死に『マシ』なことを探そうとして……』

人生最悪な日を少しでも薄めようとしているのか。それとも愚かにも未《いま》だフェリクスの優しさを信じたい未練の表れか。

『本当……愚かだわ……』

どちらにしてもこの日、リュシーはこの先二度と恋なんてしない、甘ったれた夢は見ないと固く心に誓ったのだ。

1　病める時も健やかなる時も

「お前の結婚相手が決まった」

父の言葉に、子爵令嬢であるリュシーはカップを持つ手をほんの一瞬止めた。

だが動揺を態度に出すことなく『ああ、ついにこの日がやってきたか』と優雅な所作でカップに口を付ける。

傍から見れば、微塵《みじん》も変化は窺えなかっただろう。

実際、同席していた母は何も気づかぬ様子でニコニコと微笑《ほほえ》んでいた。

貴族令嬢として生まれたからには、家のための婚姻は避けられない。

これまで何不自由なく育ててもらった恩もある。いつかは父の言いつけ通り嫁がねばならないのは理解していた。

ゆえに、リュシーは逆らうつもりは毛頭なく、控えめに頷《うなず》くのみだ。

それに――恋愛などとっくの昔に諦めている。どうせ結婚が義務なのだとしたら、男を見る目がない自分より、人生経験が豊富な両親に選んでもらった方がいいに決まっていた。

「そうですか。分かりました」

「意外だな。てっきりリュシーは嫌だと言うのかと思った。それに相手が誰か気にならないのか？」

あっさりと頷いたリュシーに驚いたのか、父が軽く眉を上げる。隣では、母もぱちくりと双《そう》眸《ぼう》を瞬いていた。

娘とよく似た母の両目は、紫がかった深い青だ。珍しい色でもあり、独身時代の母は社交界の華と称《たた》えられたらしい。

美しく妖艶でありながら、可憐《かれん》。庇護《ひご》欲をそそる佇《たたず》まいと、小悪魔的な魔性の魅力。瞳だけでなく容姿も母と似ていれば、リュシーも同様に男性らの衆目を集めたのかもしれない。だが残念ながら円《つぶ》らな眼《め》以外、リュシーは父親似だった。

つまりは女性にしてはきつくみられる凛々《りり》しい眉と、知的な面立ち。利発さが隠しきれない強い眼力と勝気な唇。

決して不細工ではなく、むしろ整った造作なのだが、いかんせん柔らかさが足りない。生まれ持った愚直な正義感がどこか威圧感を与えるのだ。

融通の利かなさが滲《にじ》み出《で》ていると言ってもいい。

それらは従順な女を求める紳士たちから敬遠されがちな特徴だ。そのためリュシーはこれまで中々良縁に恵まれず、十九歳を迎えていた。

決して嫁ぎ遅れではなく適齢期ではあるものの――婚約者も決定していないのは、やや焦らねばならない年齢であるのは間違いない。

裕福でありつつもさほど歴史や地位が高くないメクレンブルク子爵家の娘としては、より良い結婚相手を捕まえたいのが本音だった。

「……お父様が私を不幸にする縁談を纏めるわけがありませんもの」

「当然だ。私はお前の幸せを一番に願っている。娘を蔑《ないがし》ろにする男に、みすみす嫁がせはしない。だからこそ今まで真剣に選んできたのだ」

政略結婚を当然のものと考える父親ではあるが、だからと言って娘を道具のように扱う人間でもない。不器用ではあるけれど、愛情深い人なのだ。その点は信頼している。

だから微塵も疑うことなく、リュシーは手にしていたカップを置いた。

「お父様が選ばれた男性ならば、間違いはないでしょう」

「そうよ、リュシー。お父様が貴女《あなた》のために吟味した縁談ですからね。きっとこの上なく大事にしてもらえるわ」

母は涙ぐみ何度も頷く。その様子からは、彼女も大賛成であることが伺えた。少女の如く頬を染める様は、同性から見ても愛らしい。

心の奥底でリュシーは、『愛されるのは、お母様みたいに可愛《かわい》らしい女性なのね』と思わずにはいられなかった。

ど。

——お母様も同意見ということは、最初から私に拒否権はない。……するつもりもないけれ

仮に相手がどれだけいけ好かない男性であったとしても、リュシーは受け入れるつもりだ。甘っちょろい結婚生活なんて、夢見ちゃいない。貴族同士の結婚なんてそんなもの——諦念の中、形ばかり口角を引き上げた。

「そうですか。でしたら安心です」

今日は珍しくテラスで両親とのお茶会を提案され、何となく予感があった。しかも弟妹たちは抜きで、自分だけが呼ばれたのだ。

これは何か重要な話があるのだと勘づかない方がおかしい。

案の定、用意されていたテーブルにつきしばらくして、切り出されたのはリュシーの結婚話だった。

リュシー自身に魅力を感じているのではなくても、裕福な実家のおかげで求婚者は何人かいる。とはいえ全員、家の財産や父の後ろ盾を期待しているのは明白だ。しかし贅沢《ぜいたく》を言って婚期を逃すわけにはいかない。

ならば顔も覚えていない求婚者たちの中から、一番条件がいい男に嫁ぐのが順当な流れに決まっている。

リュシーは溜《た》め息を噛み殺し、あえて優美に微笑んで見せた。

「……それで？　相手の方はどなたです？　ボンヤード伯爵家の次男でしょうか。それともエリンヤ子爵家の跡取り息子ですか？」

ちなみにどちらも名前すらうろ覚えだ。ただ、強引に肩や腰に触ってこない分、他よりはマシだと思っていた。

「あら、リュシーはモテるのね。他にもそんなに求婚者がいたなんて……我が娘ながら鼻が高いわ」

良くも悪くも純粋な母は、興奮気味に宣《のたま》った。

独身時代の彼女には損得ではない崇拝者が大勢いたから、打算塗《まみ》れで娘に言い寄ってくる男の存在は想像も及ばないのだろう。

そんな母の純真さを壊したくなくて、リュシーは曖昧に視線を泳がせた。

——ごめんなさい、お母様。私に本気で言い寄ってくる男性なんて、いませんよ。

可愛げのない子爵令嬢。ズケズケとものを言う、生意気な女。跳ねっ返りの口達者。黙っていれば、それなりなのに。それが、社交界でリュシーに下された評価だ。

疑問やおかしいと感じたことをそのまま口にしていたら、いつしか陰口を叩《たた》かれるようになっていた。

どうやら世間一般では、静かにニコニコ笑っている綺麗《きれい》なお人形か、母のように庇護欲をそそる無垢《むく》な女性に需要があるらしい。

良く言えば正直、悪く言えば本音と建て前を使い分けられないリュシーは、男性から避けられがちだ。

過去、『あのよく回る口を縫い付けてやりたい』『顔と身体はまぁまぁなのに、一度口を開けば正論ばかりでうんざりする』と嘲笑されたこともある。勿論《もちろん》、彼らはリュシーが陰で聞いているなどとは思ってもみなかったに違いない。

だがまだ思春期真っただ中のリュシーにしてみれば、裏で自分の悪口を言われていると知るだけで、相当な衝撃だった。

しかも直前まで、優しくチヤホヤしてくれていた者たちだ。実は嫌われていると知ってしまえば、もうこれまで通り付き合う気にはなれなかった。

――そうでなくても、二度と恋なんてするつもりはないけれど――

キリキリと胸が痛む。嫌な記憶がよみがえりそうになり、リュシーは軽く頭を左右に振った。

もう、あれは昔のことだ。二度と掘り返す必要はない。これから自分は普通の貴族令嬢として、普通に結婚し、ごくごく平凡な人生を歩んでゆくのだから――

「いいや、違う。あんな中身のない男どもに私の大事な娘を任せる気はない。お前に釣り合う相手がいなくて、なかなか決断できなかったが――ようやく安心してリュシーを嫁がせられる者を見つけたよ」

見事な口ひげを撫《な》でつつ、父が感慨深げに目元を細める。普段、あまり表情の変わらない彼にしては、珍しいことだ。

それだけリュシーは自分が愛されていることを実感したのだが――同時に心はひどく冷めていた。

――別に、結婚相手は誰だって同じ。

せめて賭け事《ギャンブル》依存症や暴力的でないことを願うだけだ。

この際、女癖の悪さ程度なら、目を瞑《つぶ》るつもりだった。表面的であっても平穏な家庭を演じてくれれば、それでいい。期待はしない。

リュシーの両親は政略結婚で結ばれたにもかかわらず、互いに慈しみ合い愛情深い家庭を築いているけれど、それは奇跡の如く稀《まれ》なことだと理解していた。

「お父様、勿体《もったい》ぶらなくて結構です。それで、私の旦那様になる方はどなたですか？」

およそ結婚を控えた乙女とは思えぬ冷静さで、リュシーは父に視線をやった。

そんな落ち着き払った娘の態度に多少戸惑ったようだが、両親は軽く目で合図を交わすとリュシーに向き直る。

そして、さも喜ばしいことを告げるように顔を綻ばせた。

「フェリクス・アランソンだ。ロイの友人として幼い頃からよく知っている相手だし、お前も懐《なつ》いていたから丁度いいだろう」

「はい……っ？」

誰の名前が飛び出しても平気だと余裕ぶっていたリュシーは、澄ました顔から一気に愕然とした表情に変わった。

フェリクス・アランソン。

確かによく知っている相手だ。兄ロイの幼馴染であり、昔からよくメクレンブルク家に遊びに来ていた。社交的で少しばかり頭が軽い兄とは対照的に、物静かで大人びたところのある、知的な風貌の——

「ま、ま、待ってください。どうして、あの人なのですか……!」

完全に冷静さをなくしたリュシーは、自らの両手をバタバタ忙しく動かした。とても淑女の仕草ではないが、仕方ない。

とにかくじっと座っているなど無理だ。動揺が迸《ほとばし》り、優雅に茶など飲んでいる場合でもない。

彼だけはあり得ないと今すぐ叫びたくて堪《たま》らなかった。

何故《なぜ》ならフェリクスは三年前、リュシーを手酷《てひど》く振った張本人だからだ。それはもう、取り付く島もないほどキッパリと。

初めての恋心に胸を高鳴らせていた少女は、自尊心諸共《もろとも》粉々に砕かれたのである。以降自分は二度と恋なんてしない、愚かしい感情に心乱されはしないと、固く誓って生きてきたのに。

そんな相手が婚約者になるなんて、悪夢以外何ものでもなかった。

「まぁまぁ、そんなに興奮して……でも分かるわ、リュシー。貴女、昔からフェリクスのことを憎からず思っていたでしょう? 初恋かしら。ロマンチックだわ」

「ち、違……お母様はちょっと黙っていてください!」

無邪気に娘の黒歴史を抉《えぐ》ってくる母をひと睨《にら》みし、リュシーはテーブルを挟んで向かいに座る父に身を乗り出した。

「お父様! このお話はなかったことにしてください!」

「お前が不安になるのも分からなくはない。何せアランソン家は爵位こそ我が家より高位だが、長年財政難に喘《あえ》いでいたからな。だがもう大丈夫だ。次期当主に内定したフェリクスが見事に立て直した。もともと歴史は古く、かつては王族が降嫁したこともある高貴な血筋だ。あと数年もすれば貴族社会で中心的役割を果たすようになるだろう。我が家も支援を惜しまないつもりだしな」

「……っ」

父のその言葉に、リュシーは絶句した。

簡単に言えば、純度百パーセントの政略結婚だと宣言されたためだ。

メクレンブルク子爵家は他家と比べ、父の堅実な手腕によってかなり裕福な部類であるのは間違いない。しかしながらさほど家の歴史は古くなく、新興貴族だ。

つまり長年国の中枢にいる高位貴族からすれば、下に見られる存在である。

父の成功に嫉妬し、『成り上がりのくせに』『所詮田舎者』と囁《ささや》かれたことは一度や二度ではない。それ故、父が『箔《はく》』を欲していることを、リュシーは薄々気がついていた。

対してアランソン伯爵家は、王家に次ぐ長い歴史を持ちながら、数代前の当主が博打《ばくち》に溺れたことをきっかけに没落の一途を辿《たど》っていたはず。

経済的に困窮し、体裁を取り繕うのに苦労していた時期もある。

――二年前、フェリクス様が正式に後継者として指名されてから、盛り返しつつあるとは耳にしていたけれど――

「まだ若いのに、たいしたものだ。僅か二年で莫大《ばくだい》な借金の大半を清算した。その上最近では王太子とも親しくしているとか……将来的には国の要職を任される可能性も高い。その手腕に私は期待している。全く、うちの愚息とは大違いだな。ロイもあれくらい賢ければ、私も安心できるのだが……」

「まぁ、貴方。ロイは明るく友人が多い点が長所です。他の子と比べても仕方ありません」

「確かにお前の言う通りだ。あの子にはあの子なりの良さがある」

息子への愚痴をこぼす父の言葉も、窘《たしな》める母の台詞も、リュシーの耳にはろくに入ってこなかった。そんなもの右から左に流れ、消えてゆく。今大事なのは、この政略結婚は決定事項で、覆せそうもないという事実だった。

――お金はあっても家柄がイマイチな我が家と、家格が高くても財産不足のアランソン伯爵家の利害が一致したということよねっ？

そもそも政略結婚とはそういうものであるのだが、リュシーには受け入れ難い。

条件だけ見れば、年齢的なつり合いが取れているし何も問題はないと言えるものの、大事なのはそういうことではなかった。

――フェリクス様だけは嫌！　だって、私の恋心を切って捨てたくせに、お父様からの打診は受けるなんて……思いっきり我が家のお金目当てじゃないの！

それ以外、何もない。リュシー自身には欠片も魅力を感じなかったが、メクレンブルク子爵家の後ろ盾には興味があった――ということに他ならないではないか。

何たる屈辱。馬鹿にするのも大概にしろと言いたい。

だがリュシーはフェリクスに告白したこと自体、誰にも明かしてはいなかった。だからこそ母は、未だに娘が兄の友人に淡い想《おも》いを抱いていると勘違いしているのだ。

――そんな感情、とっくの昔に丸めて捨てたわよ！

もはや彼に抱いているのは、敵愾心《てきがいしん》だけだ。

無垢な乙女の純情を傷つけ、くだらないものとして扱った男に恋していた事実そのものを消去してしまいたいと、この三年間願い続けてきた。

最近になってやっと忘れられそうだと己を慰めていたのに、ここにきて諸悪の根源と婚約だなんて神様からの嫌がらせとしか思えない。

リュシーは遠のきそうになる意識を必死に手繰り寄せ、深呼吸を繰り返した。

「こんな良縁に恵まれるなんて、リュシーは幸せね」

「ああ。フェリクスならば安心して娘を預けられる。彼ならリュシーを守り、大事にしてくれるだろう」

——とんでもないですお父様！　娘は既に手酷く傷つけられた後です！　ある意味キズモノよっ？

リュシーは『君をそんな対象に見たことは一度もない』と冷たく言い放ったフェリクスを思い出し、いっそ本気で気絶したいと祈った。

そうすれば、ひとまずはこの馬鹿げた喜劇を中断できる。だが、それはあくまでも一時的なもの。婚姻話自体がなくなるわけではない。

結局のところ自分は父親の言いつけに逆らえないし、貴族令嬢の義務として嫁ぐ以外道はなかった。

——終わった……

今ここで結婚したくないと喚《わめ》いたところで意味はない。既に決定事項であるのは明白。もうメクレンブルク子爵家とアランソン伯爵家の間では、正式に纏まった話なのだ。フェリクス自身、リュシーとの政略結婚に頷いたということだった。

——ああ、そう……そういうことなのね……私の気持ちはどうでも良くて、利益があるなら妻に貰《もら》ってやると言いたいの……？　何とも思っていない小娘でも、利用価値があれば結婚してくれるってことなのね……

ギリギリと胸が痛む。頭痛もした。吐き気さえ込み上げて、リュシーは砕けそうな勢いで奥歯を噛《か》み締《し》めた。

気持ちの整理をつけられそうだと思っていた矢先に、この仕打ち。

フェリクスはリュシーを振るだけでは飽き足らず、ここまで蔑《ないがし》ろにするらしい。

何とも思っていない相手だからこそ、できる所業なのだろう。ただの道具程度にしか見做《みな》していないのだ。

──友人の妹にすぎない扱いより、もっとひどい……！

子どもっぽい憧れの域を出なかったとしても、リュシーは本当に彼が好きだった。何年もフェリクスだけを見つめていたのだ。

──思いっきり振られて完全に諦められた気になっていたけれど、それは希望的観測でしかなかったのね。

だからこそ、こんなにも苦しくて悲しい。もはや並大抵のことでは傷を負わないと信じていたリュシーの心が、再び鮮血を流しているのを感じた。

「おめでとう、リュシー」

「近々両家の食事会を開く。その後に正式発表をしよう。幸せになるんだぞ」

善意漲《みなぎ》る笑顔で両親に祝福され、これ以上リュシーに何を言えるのか。口にしたところで無意味だ。既に運命の歯車は轟音《ごうおん》をあげて回り始めていた。

——いいわよ……そっちがその気なら、私にだって考えはあるもの！

フェリクスの目論見《もくろみ》通り『金の卵を産む都合のいい妻』になどなってやるものか。

大人しく利用されるだけなんて、真っ平ごめんだ。良妻たるもの夫に尽くすべきなんて考え方は引き裂いた上に火をつけてくれる。

リュシーは鼻息荒く、青い双眸に怒りの焔《ほのお》を灯した。

——お望み通り、政略結婚して差し上げようじゃないの……仮面夫婦になって、冷え冷えとした家庭を築いてやるわ！　目にもの見せてくれる！

愛なんて望まない。代わりにフェリクスにも平和を味わわせてはやらないと心に刻む。

金に目が眩《くら》み、好きでもないどうでもいい相手と結婚したことを精々後悔するがいい。いや、させてみせると息巻いた。

——地獄の結婚生活を提供してやる！

軋《きし》む胸の痛みから目を逸らし、リュシーはかつて恋い慕った男への復讐心《ふくしゅうしん》を滾《たぎ》らせた。

それから五か月後。

晴れ渡った晴天と麗《うら》らかな気温に恵まれたとある日。

アランソン伯爵家令息とメクレンブルク子爵家令嬢の結婚式が盛大に執り行われた。

場所は王族も挙式を上げる、ジュリアーノ大聖堂。最上級の格式だ。

本来であれば子爵家風情が使えるものではない。何でも、『フェリクスの頼みなら』と王太子が許可してくれたらしい。

そんな噂もあってか、式は大盛況だった。

将来的に王太子の片腕はフェリクスであると誰もが確信し、今から取り入ろうとしている。

没落気味であったアランソン伯爵家の復活を、大々的かつ華々しく宣言したのも同然だった。

――はいはい、最高の舞台ですもんね。大勢の人の注目を集め、存在感を示せる好機を無駄にするわけがありませんよね。そのために私と結婚したのですもの。……くぅっ、腹が立つ！

リュシーは今まさにフェリクスと腕を組み、夫婦となる誓いを神の前で立てているところだ。

大勢の人の視線が背中に突き刺さるのが分かる。

しかし沢山の人々が祝福と羨望の眼差《まなざ》しを向けてくる中、リュシーだけは苛立ちを抑えきれずにいた。

ベールで顔が隠れていて、本当によかった。そうでなければ、花嫁が晴れの日に悪魔の形相を晒《さら》すところだ。流石にそれは不味《まず》いと理解できる程度の理性は残っている。

ただし残りは、腹立たしさのあまり暴れ出さないよう己を律するので手一杯だった。

――茶番！　何が病める時も健やかなる時も、よ。病気だろうが健康だろうが私たちの関係は変わらない。未来永劫他人より遠い人だわ。

本音では、今すぐ悪態の一つも叫び、大聖堂を飛び出したいところだ。

けれど家族は勿論、国の要職に就く偉い人が数多《あまた》いる中で、そんな醜態は晒せない。リュシーだって常識や良識は持ち合わせている。

自分一人が色々言われるのは耐えられても、大事な両親や兄や弟妹たちまで悪評に塗《まみ》れさせるわけにはいかなかった。

だからこそこの五か月間、本当はフェリクスとの結婚なんてごめん被りたい本音を押し殺し、死ぬ気で頑張ってきたのだ。

長くもあり短くもあった婚約期間。

その間、彼は最低限『婚約者の義務』を果たしてくれた。

手紙や贈り物は欠かさず、折に触れて二人で夜会にも出席した。傍から見れば、それなりに上手《うま》くいっている二人に見えたことだろう。

けれど現実は違う。必要な場面で、求められる責務を演じていただけだ。実際には二人きりの逢瀬《おうせ》など一度もなかったことが、その証拠。多忙であることを理由にして、フェリクスはリュシーとの時間を減らしていたとしか思えなかった。

数々のプレゼントなども、結局のところリュシー自身ではなく父の歓心を買うためにすぎない。フェリクスの言動の全ては、メクレンブルク子爵家に向けた売り込みの一環だった。

少なくともリュシーにはそうとしか思えず、白けた気持ちを助長させたのみだ。

――とにかく式さえ挙げてしまえば、あとはこっちのものよ。どうせフェリクス様は私に見向きもしないでしょう。それなら次期アランソン伯爵夫人の名のもとに好き勝手自由に生きてやる。お互い極力関わらず別々の道を歩みましょう！

まさか花嫁が式の間こんな思考を巡らせているとは誰も思わないに違いない。俯《うつむ》き加減でいるのは、恥じらい緊張しているからだとほとんどの人が勘違いしている。だがそれでいい。

――ふふ……私の復讐は今日から始まるの。仮にフェリクス様が私と離縁したいと考えることになっても、絶対に別れてなんてあげないわ。愛人は好きに作ればいいけれど、本妻として嫌がらせはさせていただくので、そのおつもりで……！

昏い笑いがリュシーの口の端に浮かんだ。

だが妄想の中で早くも浮気をしたフェリクスをありとあらゆる方法でとっちめていたところ、リュシーは不意に身体の向きを変えられた。

眼前には正装に身を包んだ逞《たくま》しい胸板。ゆるりと視線を上げれば、ベール越しにフェリクスの顔が見えた。

「……ん？」

「では誓いのキスを」

厳《おごそ》かに告げられた言葉に耳を疑う。しかし今まさに自分は結婚式の最中であることを、リュシーは思い出した。

——そうだ……すっかり忘れていたけれど、挙式に誓いのキスは欠かせない……ま、まぁでもどうせ振りをするだけよね？　もしくは額か頬に軽く唇が接触する程度なら耐えられるわ。

これでも一応深窓の令嬢であるリュシーに、挨拶以外のキスの経験はない。

だから一瞬、動揺してしまった。

だがそんな狼狽《ろうばい》を気取られたくなくて、リュシーは殊更平静を装う。全力で虚勢を張り、『全くもって平気です。何も感じておりません』と言わんばかりの無表情を貫いた。

フェリクスにベールを上げられ、何ものにも隔たれない視線が絡むまでは。

——えっ？

そこにはさぞや冷静沈着な面持ちの彼がいると思いきや、これまで見たことがない顔をしたフェリクスが佇んでいた。

整った顔立ちにキリリとした眉。生真面目そうで涼やかな瞳と、上品な口元。通った鼻筋や形のいい額は聡明さを表している。

そういった点は以前とまるで変わらない。悔しいけれど、とても人目を惹《ひ》く美形だと思う。

だが普段ならあまり感情の起伏が感じられない双眸に、火傷《やけど》しそうなほどの熱が籠っていた。

——な、何？　フェリクス様のこんなお顔、拝見したことがないのだけど……？

兄といる時も穏やかに微笑んでいるか、はしゃぎ過ぎたロイを理路整然と諫《いさ》めている姿が印象的だった。

会話しているより、読書に耽《ふけ》っている様子を見かけたことが多いかもしれない。

リュシーは全く知らない男の表情を前にして、すっかり目が点になった。しかも彼の眼差しは、完全にこちらに注がれている。さながら、愛《いと》しい人を情熱的に見つめるかのように――

――そ、そんなはずないのに、私ったら何を考えているの……っ
思わずときめいた胸が恨めしい。これは美形の切なげな表情や通常との落差に戸惑っただけだ。そうでなくてはおかしいと、懸命に自分に言い聞かせた。

――ふ、ふぅん。列席者の手前、それくらいの演技はしてくれるつもりなのね？　私に衆人環視の中恥をかかせるつもりはないってこと？　……いいえ、どちらかというと、ご自分の保身のためかしら。

ついドキドキしてしまった自分が悔しくて、リュシーはわざと辛辣なことを胸中で捲《まく》し立《た》てた。

こんなことで絆《ほだ》されてなるものか。

危うく自分自身が求められて嫁ぐのだと、思い違いに陥るところだった。

それほどこちらを見つめるフェリクスの瞳は魔性の魅力を放っている。見つめ合うと引き込まれてしまいそうになり、リュシーは慌てて瞬きでごまかした。

――……っく、悔しいけどなんて素敵なの……

白を基調にした礼服が何と似合っているのか。同じ年であるはずの兄からは感じられない大人の色香にクラクラする。

とはいえ、見惚《みと》れてしまったなんて死んでも認めたくない。戦いの火蓋は切って落とされたのだ。

——偽物の誓いのキスくらい何でもないわ。受けて立ってやる。……これが私の初めての口づけだけど……いや、余計なことは考えちゃ駄目。どうせ物の数には入らないわよ。

全ては偽り。言ってみれば、この試練さえ乗り越えればお終《しま》いだ。あとはそれぞれ目的のものを手に入れ、家庭内別居としゃれこめばいい。どうせ貴族社会にはよくある話。

——アランソン伯爵家の後継者が必要なら、よそで作ってもらっても構わないわ。私がその子を愛せるかは自信がないけれど……無理なら関わらなければいいだけだもの。

名ばかりの伯爵夫人。リュシーが目指すものはそれだ。

ならば誓いのキスくらいで怯《ひる》んでなるものかと腹の底に力を入れ、改めてフェリクスと視線を合わせたのだが。

——ひぇ……っ
その瞬間、後悔した。いや、心臓を鷲掴《わしづか》みにされた。

黒曜石の輝きを放つ双眸がじっとリュシーだけを見つめてくる。やや潤んだ瞳は美しく、それでいて雄の気配を漂わせていた。

今までフェリクスはどちらかと言えば禁欲的で、リュシーに限らず女性そのものにあまり興味がなく、そういった欲とは無縁な人だと思っていた分、衝撃が大きい。

しかも彼の視界に収まっているのはリュシーだけ。

温度などあるはずもないのに、見られている顔が火を噴きそうなほど熱を持つのは何故だろう。火傷するのではと不安になる凝視に炙《あぶ》られて、リュシーははくはくと空気を食《は》んだ。その唇付近に、フェリクスの指先が添えられる。

刹那、リュシーの心臓はこれまでになく大きく脈打った。

──そんなふうに見つめられたら……っ

特別に想われているのだと、勘違いしたくなる。表向きの演技だと頭では分かっていても、男女の駆け引きに耐性がないリュシーには、暴れる心音を静めるのは難しかった。

──だって本当に好きだったの……

相手にしてもらえなくても。適当にあしらわれても。実際には鬱陶しいと思われていたと知り、幾晩涙で枕を濡《ぬ》らしたことか。

兄や両親には絶対に知られたくなくて、誰にも相談できなかった。

一人で胸に抱えこみ、じっと傷が癒えるのを待つことしかできなかったのだ。

そういう辛い夜を数えきれないほどすごし、やっと張りぼてでも平穏を取り戻したのに、こうも簡単に揺さ振られる己の心が心底煩わしい。ままならない感情なら、いっそ捨て去ってしまいたい。

そんな思いで、リュシーは惑う瞳を強く閉じた。

無駄に整ったフェリクスの顔を見るから、妙な感慨に翻弄されるのだ。ならば目を合わせなければいい。心と同じく視界を閉ざしてしまえば、こんな愚かな悩みも消えてなくなるに違いない。

そう信じ、ギュッと瞼《まぶた》に力を込めた。

――だからとっとと終わらせてください……！

誓いのキスさえこなせば、馬鹿げた結婚式も間もなく終わる。見世物同然で無理やり引きずり出された舞台はお開きだ。ほんの少し接触する時間耐えれば――

「……っふ……？」

リュシーの唇に柔らかなものが重ねられた。

それが何なのか、流石にこの状況で分からぬはずはない。けれどてっきり額か頬に落とされるものと思っていた彼の唇がガッツリ己の唇に触れている現実を、すぐには理解できなかった。

――こ、こ、これはいったい……っ？

頭を後ろに引こうにも、後頭部を押さえられているため叶わない。更には腰もフェリクスのもう片方の手で固定されている。彼の両手は、『支えている』というよりも『捕獲してる』と表現した方が正確な力強さだった。

「んんんっ？」

しかも気のせいか口づけの時間が長い。誓いのキスはそっと触れ合う程度のものが一般的だ。これまでリュシーが目にしたものは、全てそうだった。

にもかかわらず、いつまで経《た》ってもフェリクスの唇は離れていかない。むしろ密着は深くなる。

その上、閉じたリュシーの唇が彼の舌先で擽《くすぐ》られてむず痒《がゆ》さに身を震わせた瞬間、緩んだ隙間からフェリクスの舌が入ってきた。

「ふんんんッ？」

これはただごとではない。経験値が果てしなくゼロに等しいリュシーにも、尋常ではない事態が起こっているのが分かった。

どこの世界に、国の重鎮を含めた大勢の人々の前で熱烈な口づけを交わす者がいるのか。

しかもこれは神聖な結婚式だ。政略結婚だとしても——いや、政略だからこそ慣例に則《のっと》らねばならない。今日はアランソン伯爵家とメクレンブルク子爵家の政治的締結日でもあった。

失敗は許されず、間違っても痴態を晒す場所ではないはずだ。

——は、放して……っ
リュシーはいつまでも終わらない淫靡《いんび》なキスから身体を捩《よじ》って逃れようとしたが、彼の腕の環が狭まり、唇は解けない。

そうこうするうちにフェリクスの舌がリュシーの口内を縦横無尽に舐《な》めだした。

「むぅ……ふ、ぁ」

歯列を辿り、上顎を探られる。逃げ惑うリュシーの舌は、半ば強引に誘い出された。粘膜同士を擦り合わされると、淫猥《いんわい》な水音が奏でられる。

柔らかく肉厚な彼の舌がねっとりと絡みつき、二人分の唾液が混じり合う。

これが他の男であれば嫌悪感を抱くのは想像に難くないのに、どうしてか痺《しび》れがリュシーの全身を貫いた。

「……ぁ、ん……っ」

気持ちがいい。頭がぼんやりして、何も考えられない。

すぐにでも力の限り抵抗し、この破廉恥な行為をやめさせなければと頭の片隅では思うのに、リュシーの身体は全く動いてくれなかった。

手足は弛緩《しかん》し、自力で立っているのも難しい。へたりこまず済んでいるのは、フェリクスが抱きしめてくれているからだ。

今やリュシーは虚脱し、全身を彼に預けているのも同様だった。

──駄目……なのに……

耳朶《じだ》を軽く刺激されると、肌が一層粟立《あわだ》つ。

フェリクスの呼気が産毛を撫で、ささやかな風の動きすら官能の糧になった。

意味深に圧を加えてくる彼の指先がリュシーの腰を摩《す》り、身体中が火照ってゆく。反抗の意思はすっかり萎《しぼ》み、睫毛《まつげ》を震わせることしかできない。

やがて口づけが長いと感じたのはリュシーだけではないらしく、聖堂内がやや騒めきだした。

「アランソン伯爵令息は、なかなか情熱的だな……」

「まったく、いくら若い二人でも節度というものを知らんのか」

「んまぁ、お熱いわねぇ」

否定的な声もあれば、冷やかし交じりの肯定的なものもある。

だがどんな意見であっても、リュシーには嘲笑でしかなかった。

――は、恥ずかしい……！　いったいいつまでこんなことを……！

どうにか理性を掻《か》き集め、今度こそ死に物狂いの抵抗を試みる。全力で両手を突っぱね、フェリクスの胸を押し返そうとした。

言ってみればこの状況は辱《はずかし》めだ。恥辱以外何ものでもない。

ひょっとしたらフェリクスは、沢山の人の前でリュシーに今後の力関係を分からせようとしているのかもしれない。彼に逆らえばどうなるのか知らしめ、大人しくしていろと警告を発している可能性もあった。

――姑息《こそく》……！　こういう場でなら、いくら跳ねっ返りと言われる私でも、無茶はできないと計算しているのね……っ？

悔しくて爆発しそうだが、残念ながらその通りだ。

しかも暴れたくてもフェリクスの腕の力はますます強くなっていて、今やリュシーの腰はしなり、口づけはより深く濃密なものへ変わっていた。

散々口内を舐め尽くされて、二人の混じり合った唾液を嚥下《えんか》するしかない。またそれが嫌ではないことが、リュシーを尚更《なおさら》複雑な心地にさせた。

「おいおい、フェリクス。いくらうちの妹が好きでも、ちょっと落ち着けよ」

――空気を読まないあの声はロイお兄様……！　呑気な戯言《たわごと》をほざいていないで、私を助けるなり何なりしてくださいませ！　役立たずにもほどがあります！

胸中で実兄を口汚く罵り、リュシーは視界の端に家族の姿を探そうとしたが無理だった。瞼を押し上げても、視界にはフェリクス以外何も映りはしない。それも最悪なことに、何故か彼もまた双眸を見開いていた。

つまりとんでもない至近距離で見つめ合う状態になる。否、睨《にら》み合っていると言った方が正解な真剣すぎる眼差しだった。

――怖……っ
正直引いた。

美形がリュシーの世界を塞いでいる。近すぎて焦点はぼやけているのに、フェリクスの鋭い視線はハッキリと伝わってくる。こちらの身が反射的に竦んだのを誰が責められようか。

生物として命の危険を感じたのだから、不可抗力だ。気圧《けお》されたわけでも負けたのでもない。そんな言い訳をリュシーが脳内で並べ立てていると、最後に名残惜しげにこちらの唇をひと舐めし、彼の唇がようやく離れていった。

「……これで君は僕のものだ」

低い美声がリュシーの耳を愛撫《あいぶ》する。

ゾクッとした愉悦が爪先から脳天までせり上がっていった。

惑う視線をフェリクスに据えれば、彼の唇がいやらしく濡れている。間違いなく、夢中で口づけていたせいで溢《あふ》れた唾液の名残だ。

卑猥《ひわい》な滴を味わうように、フェリクスが己の唇に舌を這《は》わせ、そんな仕草も艶《なま》めかしい。

鼓動と共にリュシーの唇がひどく疼《うず》く。彼の口唇が僅かに赤く腫れて見えるのは、フェリクスもまた執拗《しつよう》なキスで薄い皮膚が擦れているせいなのだろう。

「……誰にも渡さない」

「……な……っ」

リュシーから勝気な反論が咄嗟《とっさ》に飛び出さなかったのは、困惑していたために他ならなかった。決して妖艶な彼の姿に見惚れていたからではない。それだけは認めてなるものか。

瞬きさえ忘れているのも気がつかず、リュシーは硬直してフェリクスと見つめ合った。その時間はたいして長いものではない。ただし、永遠にも感じられる束《つか》の間《ま》の空白だった。

──何故……そんな言い方を……周囲の人に私たちの結婚を売り込むだけなら、いらないでしょう……?

今日この場で当たり障りのない結婚式を挙げれば充分だ。

両家の親密な関係は、列席者に過不足なく伝わった。目的は存分に果たされたはずなのに。

「──んんッ、それではこれにてお二人は神の名の元、正式な夫婦として認められました」

一向に終わらない口づけに焦れていた司祭が厳《おごそ》かに告げ──そうしてリュシーとフェリクスの婚姻が成立した。

祝福の拍手と鐘が鳴り響く。

リュシーが無事──とはいえないものの、人妻になった瞬間である。

──っ、疲れた……呼吸もままならない……っ!

息も絶え絶えの中、リュシーは自分が酸欠気味になっていたことにやっと気がついた。もはや立っているのも辛い。小鹿の如く震える脚は、長いドレスが隠してくれた。

よろめくリュシーの身体をフェリクスが支えてくれている。頭では腰に回されている男の手を勇ましく振り払いたいのに、そんなことをすれば無様に転げるのが確実だ。

隣に寄り添う彼のことは『ただの壁か杖《つえ》』だと自己暗示をかけ、リュシーは痙攣《けいれん》しそうになる口元を緩めた。精々、『幸せな花嫁』に見えるように。

「おめでとう!」

「幸せになるのよ」

　両脇から花弁が降り注ぐ中、主役の二人が大聖堂の中央を歩いてゆく。

　本来であれば、光り輝く未来に向かって。だがリューシーの心境は地獄への一方通行でしかなかった。

　――あぁ……本当にフェリクス様と愛のない結婚をしてしまったのね……

　こんな虚しさを抱えた新妻など、そうそういるものではない。

　いくら恋愛結婚が珍しい貴族であっても、普通は夢くらい見られると思う。新しい生活に胸躍らせ、より良い家庭を築こうと思い巡らせるはずだ。

　――でも私たちに限っては、そんなの無駄……

　自嘲で、取り繕っていた笑顔が歪む。だが次の瞬間。

「ひゃあっ？」

　突然の浮遊感に淑女らしからぬ悲鳴が漏れた。

　リューシーの両脚が地面から浮いている。普段よりも視界が高い。

　驚いてしがみ付いたのは、正装に身を包んだ美丈夫の胸。

　夫となったフェリクスに横抱きにされていると気がついたのは、数秒経った後だった。

「な、何をするんですか」

「暴れず大人しくして。でないと落としてしまうかもしれない」

「えッ」

この高さから落とされれば、痛いだけでは済まない気がした。それに花嫁衣装で尻から落下するのを大勢の人に見られたいわけがない。

慌てたリュシーは、つい彼の肩に両腕を回した。

「でしたら下ろしてください」

「それはできない。ほら、皆見ている」

フェリクスの視線に促され周囲を見回せば、どこか生温《なまぬる》い眼差しが二人を取り囲んでいた。

これだから若いもんはと言わんばかりに呆《あき》れる顔、きゃあきゃあと歓声を上げる年若い令嬢たち。お気楽に手を振る兄の姿。

それらが全員、フェリクスに抱きかかえられるリュシーを注視している。

顔面から火を噴くかと思った。

「や……っ」

「もう逃げられないね。今日中には噂が駆け巡りそうだ。僕がリュシーに夢中で溺愛していると」

「さ、最初から逃げるつもりなんてありません」

既に覚悟は決まっている。それなのにまるでリュシーを追い詰めようとする彼の言葉に、苦々しい気持ちになった。

――逃げ道を塞ぐつもり？　用意周到なこの人らしい。そんなことをしなくても、人前では妻らしく振舞ってあげるわよ。家庭内ではお断りですけど……！

「そう？　婚約してからずっと、君は逃亡の機会を狙っているのかと思っていた」

「ぐ……っ、フェリクス様の思い過ごしではありませんか？」

当たらずとも遠からずなので、若干後ろめたい。あわよくば結婚話が流れないかと、五か月間夢想していたのは事実だった。

だがだとしても、ここまできてリュシーがトンズラするわけもないのに、とんだ言いがかりだ。

とことん舐められているのだと感じ、不快感が込み上げる。

思わずリュシーの瞳が剣呑《けんのん》な光を帯びると、彼がそっと顔を寄せてきた。

「……え？」

刹那、主に独身女性らから黄色い声が上がった。一つだけ野太い男のもの――兄の声が交じっていたが、この際それはどうでもいい。

問題は軽く頭を下げたフェリクスがリュシーの額にキスを落としたことだった。

御伽噺に登場する王子様のように。または恋物語の騎士のように。

甘く素敵な乙女の夢そのもの。愛されていると錯覚せずにはいられない、そんな柔らかな口づけだった。

「な、に……を」

「愛しい我が妻に愛情を示しただけだ」

心にもないに決まっている台詞を言い放ち、フェリクスの顔が笑み綻ぶ。

以前のリュシーであれば、あっという間に心臓を撃ち抜かれて、一週間は心ここにあらずの状態でニヤニヤしたかもしれない。

しかし間抜けな夢はもう見ないと、心に誓った身だ。今更彼の笑顔一つで惑わされたりするものかと、激しく首を振って自我を取り戻した。

ただし無念にも心臓は危険な速度で疾走している。

破壊力のあるフェリクスの貴重な笑顔に、完全な冷静さは保てなかった。

「どの口がおっしゃっているの……!」

小声で苦情を申し立てれば、彼が器用に片眉を引き上げる。その表情は面白がっているようでもあり――微《かす》かに傷ついているようでもあった。

「……一日も早くリュシーの信頼を得られるよう、全力で努力するよ」

赤らむ頬を見られたくなくて、リュシーはプイッと顔を背けた。いちいち掻《か》き乱される己の愚かさが腹立たしくて堪らない。

フェリクスの一挙手一投足に気持ちが乱高下する自分は、どこまでみっともないのか。

――ああ、情けない……だけどこんな気分になるのもきっと今日限りよ。式さえ挙げてしまえば、フェリクス様は私に一切興味を持たないだろうし……

目的を達成すれば、そこでおしまい。

そんなことを自分で考え、リュシーは痛む胸を気力で無視した。

「……大事にするよ」

虚飾塗れの結婚式で囁かれる言葉を信用するほどリュシーは間抜けではない。だから返事はしなかった。それでもときめいてしまう胸は、長年温めていた恋心の残骸のせいだろう。

とうの昔に涸れ果てた恋情が疼くだけ。

もはや実体を失った陽炎《かげろう》と同じだ。幻影にすぎない。

そう分かっていても、リュシーを抱きかかえたまま屋根のない馬車に乗り込むフェリクスの力強さや温《ぬく》もりがじわじわと心を苛《さいな》む。

無下にできず、さりとて彼に身を預けきることも選べずにリュシーは押し黙った。

純粋だった自分の恋は、約三年半前に終わったのだ。

他ならぬ、フェリクス自身の手によって、ものの見事に砕かれた。

だからどうか、放っておいてほしい。傷口に触れる真似《まね》はしないでくれと言いたい。

結婚自体は諦めて受け入れる。しかしそこがリュシーの限界でもあった。

——私にこれ以上を求めないで。でないと取り返しがつかないくらい、惨めになる。

馬車が走り出したおかげで、リュシーが涙ぐみかけていたのは、参列者たちに見られることはなかったと思う。上手く作り笑顔でごまかせたと信じている。
両親や兄と弟妹も疑うことなく祝福の拍手で見送ってくれた。
——泣くもんか。仮面夫婦どんとこいよ。こうなったら悪妻目指して頑張るわ。
瞳に涙の膜が張るのは、忙しい瞬きで振り払った。

2　初夜

初夜である。

結婚した二人が初めて迎える夜。本来ならば甘酸っぱい記念日になる一夜だ。だがしかし。

――ま、私には関係ないけどね！

新居に到着し、疲れ切っていたリュシーを待ち受けていたのは、大勢の使用人たちだ。

中でも次期伯爵夫人専属に決まったメイドたちの張り切りようは、すごかった。

これからよろしくねと挨拶し、顔合わせが済んだと思った次の瞬間には、あれよあれよという間に浴室へ連れていかれた。

そうして頭のてっぺんから爪先までピカピカに磨き抜かれたというわけである。

――これまでも入浴の手伝いをしてくれるメイドがいなかったわけではないけど……ここまで至れり尽くせりなのは初めてだったわ……

マッサージは勿論、パックやトリートメントまで。湯船には大輪の薔薇《ばら》が幾つも浮かべられていた。浴室内は適温に温められ、快適なことこの上ない。

使用されるオイルは極上品。身体を拭くタオルや寝衣も、うっとりしてしまう肌触りだった。

若干寝衣の布地が薄く扇情的な気もするが、一応初夜ならばこんなものなのかもしれない。

――もっとも、この寝衣が活躍する機会は訪れないでしょうけど。

リュシーはフェリクスが寝室に現れないと踏んでいる。夫婦の寝室が別々に用意されているのが、彼の本心なのではないか。

ちなみにメクレンブルク子爵家は両親が同じ部屋で眠っている。だからリュシーは、分けられた寝室の意図をそう解釈した。

――いい度胸しているじゃない。とことん私を虚仮《こけ》にする気ね？　もっとも、今夜部屋に来られても困るんだけど……私、もう眠いし。今夜ぐらいは険悪な雰囲気にならず、ぐっすり眠りたいわ。戦いは明日からってことでどうかしら？

身体が温まり、血行が良くなったせいか睡魔に襲われた。ベッドの寝心地も申し分ない。

コロリと横になり、あまりの気持ちよさにリュシーの魂が抜けかけた頃には、夜の帳《とばり》がすっかり下りて、メイドが室内の明かりを絞り退出していった。

残されたのはリュシー一人。

いっそ全ての明かりを消してくれて構わなかったのにと、半ば夢現《ゆめうつつ》で思った時。

コンコンとノックの音が響いた。

――メイドが何か忘れたのかしら？　それとも明日の予定でも告げに来たの？

リュシーは上下がくっつきそうな瞼を押し上げ、「ふぁい、どうぞ」と間の抜けた返事をした。すると。

「――随分疲れた様子だね。でもまだ眠るには早い」

「え」

我ながら驚きのあまり低い声が出た。

全く予想だにしなかった人物が扉を開けて現れたからだ。

「何故、フェリクス様がここに？」

「君の寝室だからに決まっている」

答えのようで、どこかおかしい。ここがリュシーの部屋なのは、その通りだ。しかし聞きたいのは、それならどうして彼がやってきたのかである。それも、こんな刻限に。

「……もう随分遅い時間ですけど」

「そうだね。思いの外、予定が押してしまった」

微妙に噛《か》み合わない会話を続けながら、さも当然とばかりにフェリクスが近づいてくる。長い彼の脚では、広い部屋なのに僅か数歩でリュシーの横たわるベッドまで到着していた。

「あの、私もう寝るつもりなんですが」

「僕も同じだよ」

だったら速やかに自分の寝室へ行けばいいのにと、心の声が漏れそうになる。もしや『君はお飾りの妻だ』なんて釘《くぎ》を刺しに来たのなら、『貴方こそお飾りの夫だ』とでも言い返したい。

困惑がリュシーの顔に出ていたのか、フェリクスが楽しげに相好を崩した。

「初夜に夫を寝室から追い出すつもりか？」

「……ここで就寝なさるおつもりですか？」

歯に衣着せず言うならば『正気か？』だが、流石にそれは控えた。何も初日から全力で殴り合うこともあるまい。というよりも、肉体的疲労と精神的苦痛でリュシーの余力は限りなくゼロに等しかった。

「そんな偽装をしていただかなくても結構ですよ。結婚式でのあれこれで、充分私たちの睦《むつ》まじさは演出できたでしょうし。屋敷の中でまで、無理に装ってくださらなくて大丈夫です」

だから一刻も早く一人にしてくれ。

これ以上はリュシーの忍耐力も限界である。奇妙な押し問答を続ける気はないと意思表示するため、リュシーはごろりと寝返りを打ち、彼に背中を向けた。

「僕の妻はご機嫌斜めだね。やはりかなり疲れさせてしまったかな」

「お分かりになっていただけるなら、早急にお休みなさいませ」

これで会話終了。リュシーは瞼を下ろし、夢の世界へ旅立とうとしたのだが。

「でももうひと頑張りしてもらう。もっと疲れさせてしまうけど、許してほしい」

「んん？」

背後でベッドが軋み、沈み込んだ。フェリクスが腰を下ろしたのか、リュシーの身体が軽く傾《かし》ぐ。それどころか影が差したことと他者の体温が間近に感じられたこと、そして鼻腔《びこう》を擽る彼の香りに、フェリクスが覆《おお》い被《かぶ》さっているのを理解した。

「え……何をしているのですか？」

「正確には、これからしようとしている」

「ですから何を？」

薄闇の中、黒く艶やかな男の瞳がリュシーを見下ろしてくる。

その双眸に揺らぐ熱には見覚えがあった。

結婚式で誓いのキスを交わす際に見た焔。それと同じ情熱が、今のフェリクスの眼差しにも宿っていた。

――な、何が起きているの……っ？

ドキリと心臓が脈打ち出す。

全身を駆け巡る血潮の音が聞こえそうなほど、一瞬で身体が火照ってゆく。

雄の色香を滴らせた彼が前髪を掻《か》き上《あ》げるのを見て、フェリクスの髪がしっとりと濡れていることにリュシーは初めて気がついた。

――あ……しかもガウンがはだけて胸板が覗《のぞ》いている……っ
馬車に乗る際抱き上げられたから、彼が見た目よりも逞しい身体つきをしているのは感じていた。しかしそんな予測も遠く及ばないほど、見事に盛り上がった胸筋と割れた腹筋が垣間見《かいま》える。引き締まった胴は、無駄な肉など一つもない。

袖から覗く腕も力強く、浮いた血管や筋が至極官能的にリュシーの目を射《い》った。

武芸よりも読書を好む人であるので、きっと線が細いと思っていたが、リュシーのとんだ勘違いだったらしい。

一応軍に所属している兄ロイでも、ここまで見事な仕上がりはしていないのではないか。もっとも、リュシーは実兄の裸など幼い頃にしか目撃したことはないけれど。

――ほ、他の男性の身体なんて拝見したことがないから比較はできないけど……これはとってもいやらしい部類では……っ？

危険な匂いがプンプンする。とても穢《けが》れのない処女が吸っていい空気ではない。

本能的な危機を察し、リュシーは枕に顔を押しつける勢いで反転した。

「私、非常に眠いのです！」

正直、睡魔は完全にどこかへ飛んで行ってしまい、逆にギンギンに目が冴《さ》えたといっても、過言ではない。

この状況下で安眠を貪《むさぼ》れる強心臓をリュシーは持ち合わせていなかった。

口達者な娘と言われていても、所詮は十九の小娘だ。男女の駆け引きも閨《ねや》での作法も、母から婚姻前に教えられた知識が全てだった。

それとて適当に聞き流していたので、半分以上忘れている。

故に、想定外のフェリクスの行動により、冷静さはたちまち失われた。

「顔を見せてくれ。この五か月必死に己を律してきた僕に、ご褒美をくれても良いんじゃないか?」

「ご、ご褒美?」

自意識過剰でないのなら、話の流れから察する『ご褒美』とやらはリュシー自身を指し示す。自分などがそんな条件を満たすとは思えない上、彼にとってそこまで価値があるとも考えられず、尚更《なおさら》混乱した。

——ええ? フェリクス様、ご乱心? それとも屋敷の使用人たちに対する演技?

困窮していると聞いていたアランソン伯爵家だが、邸内に荒廃の気配はなかった。修繕が追いついていないとか、調度品が極端に少なかったり、使用人の数を減らしたりしているふうでもない。

勿論リュシーの父からの援助もあるのだろうが、ごく普通の貴族の邸宅だ。どちらかと言えば充分裕福にも感じられた。

それにリュシー付きになったメイドも含め、きちんと教育された使用人であったのは間違いない。つまり、主の寝室を盗み聞きするような不届き者はいないと思うのだが——

「ああ……やっと君に触れられる……」

感慨深げに漏らされた声音には彼の偽りない本心が滲んでいる気がした。

そう思うのは、リュシーの錯覚なのか。かつてフェリクスの本音を見抜けなかった自分には、とても分からない。また優しい振りに騙されている可能性もある。

　彼はとても上手に内面を隠すから、リュシー如《ご》きに全てを理解するのは不可能だ。上面の善意にみすみす翻弄され、再び心掻《か》き乱されたくはなかった。

沸々と怒り交じりの悲しみが生まれる。渦巻く感情を持て余し、リュシーは半身を起こしてフェリクスを振り返った。

「変な冗談もお世辞もいりません。やめてください」

二度と傷つきたくない気持ちが込み上げ、つい言い方がきつくなる。こぼれた声の硬さに驚いたのは、誰よりもリュシーだった。直後にハッと我に返ったものの、もう遅い。

——い、言いすぎた……？

婚約が決まった頃は、どんな言葉と態度でフェリクスを攻撃してやろうかと息巻いていたのに、いざ本番になると尻込みしてしまった。

それはおそらく、彼が傷ついた顔をしたからかもしれない。

しかしフェリクスの心情が過《よぎ》って見えたのは、瞬き一つの間。

一呼吸した時には、いつも通り無表情に近い彼がリュシーを見つめ返してきた。

「……冗談でも世辞でもないが……君にそう思わせてしまったのは、僕の責任だ。すまない」

まさか謝られるとは思ってもいなかったので、思いきり動揺した。咄嗟にまともな言葉も出てこない。

「え、ぁ、え？」

きっとフェリクスにとってリュシーは、軽んじてもいい相手と見做されていると思っていたのに、真摯に頭を下げられると逆にどうすればいいのか完全に見失った。

──これも演技……？　騙されちゃ駄目。また泣きを見たいの？　だけど……とても嘘《うそ》だとは思えない……

彼に恋焦がれていた当時、リュシーがフェリクスに惹かれた要因の一つは、彼が誠実だと信じていたからだ。

友人の妹で子どもの自分を、『一人の人間』として扱ってくれた。少なくとも表向きはそう見えた。幼いからと軽んじず、常に目を見て真摯に話しかけてくれたフェリクスだからこそ、恋心はたちまち大きくなっていったのだろう。

兄がリュシーとの口約束を忘れ笑ってごまかしたところ、本来なら無関係であるはずのフェリクスが頭を下げてくれたこともある。

ロイがフェリクスを誘って遠乗りに出かけた結果、リュシーに買って帰ると約束した本を忘れたことに、責任を感じてくれたらしい。そんな必要はないのに。

楽しみにしていた分、へらへらと笑って反省もしない兄に腹が立ち、泣いて抗議するリュシーの頭をフェリクスはたどたどしく撫でてくれた。『僕が早く帰ろうとロイに促すべきだった。ごめんね』と言って。

あの大きな掌《てのひら》の感触は、未だに忘れられない。不器用に微笑んでくれた彼の顔も。

——私の馬鹿。フェリクス様は一見優しくしてくださったけれど、あの時だって本当は私を鬱陶しいと感じてらしたのよ……

たかが本一冊忘れられたくらいで泣《な》き喚《わめ》く子どもに、内心うんざりしていたに違いない。ただ精神的に大人だったから、本心を表に出さなかっただけだ。

懐かしい思い出は、リュシーの胸を疼かせる。痛みと切なさが入り混じった複雑な感情は、上手く言葉で説明することができなかった。

「——だからこれからは……償いをさせてほしい」

「償い?」

「ああ。リュシーの心が解けるまで、誠実に君に尽くす」

「……はい?」

聞き間違いか。耳がおかしくなったのかもしれない。数年前、あれほど冷たくリュシーを拒絶した人の台詞とは到底信じられず、首を傾げざるを得なかった。

だがそれなら現在眼前で繰り広げられている光景も見間違いと断じたい。

リュシーはフェリクスに取られた己の手が彼に口づけるのを見つめ、疑問符で頭の中がいっぱいになった。

――フェリクス様の唇、温かくて柔らかい……――じゃなくて！

危うく抜けかけた魂を強引に回収し、リュシーは己の手を慌てて取り戻した。さらにこれ以上触られては堪らないと背中に隠す。

そのせいで胸を突きだす体勢になり、寝衣の薄布から乳房の頂の色味が淡く透けているとは考えもしなかった。

「これが政略結婚なのは重々承知しています。アランソン伯爵家にもメクレンブルク子爵家にも利がある縁組ですものね。ですから今更私に取り繕う必要はありませんよ。ちゃんと己の立場は弁《わきま》えています。お互い余計な労力は割かず、自分のためにそれぞれ生きていきましょう」

何なら関わることなく、別居でもいい。それが双方にとって幸せだろう。

――冷たい家庭にしてやるつもりでも、私だってあえてフェリクス様が愛人を連れこむ姿を見たいわけじゃない。そういうのは、目につかない場所でやってほしい。だってでないと苛々《いらいら》して嫌がらせしてしまうもの……！　初めはその気満々だったけど、よく考えたら惨めじゃない。流石に愛人の子どもにまで意地悪する自分は想像したくないわ。

それくらいなら、趣味を見つけて悠々自適。

不本意な結婚を受け入れたのだから、この程度の自由は許されていいはずだ。

徹底的に不干渉。興味も関心も持たず形だけの夫婦。それがリュシーの目指す理想。

だからこそ無理に新婚めいたことをしてほしくなかった。

偽りの優しさや気遣いなら必要ない。むしろ迷惑だ。またリュシーが惑わされる破目になっては堪らないと思い、弱気になる心を武装した。

「とにかくそういうわけですから、どうぞご自分の寝室へお戻りください」

「それは無理だ。今夜は大事な記念日なのに」

フェリクスの指先がリュシーの髪を梳《す》く。その際こめかみを微かに擦られ、得も言われぬ愉悦が走った。

「……っ」

おかしな声を漏らさなかった自分を褒めてやりたい。

喉奥をギュッと締め、リュシーは吐息と共に溢れそうになった声を呑《の》み下した。

──距離が、近い……

これは誓いのキスを交わした時とほぼ同じ。相手の体温さえ感じ取れそうで、どこを見ればいいのかが分からなくなる。

思わず身を引こうとしたが、一足遅くリュシーの首の後ろに彼の手が回ってきた。

「逃がさないよ」

声に魔力が籠っているとしか思えない強制力が働いて、リュシーはそれ以上身体を反《そ》らせなくなった。

背後に下がろうと頭は指令を出していても、指先や足にまるで力が入らない。

愕然としたままフェリクスの瞳を見つめ返すのみ。

ベッドの上で二人、視線を絡ませ合う以外何もできずに数秒間。先に動いたのは、唇で弧を描いた彼の方だった。

「この結婚の経緯にリュシーが納得していないのは知っているが……君はもう、僕の妻だ」

クラリと眩暈《めまい》がする。座っているのに倒れ込みそうになり、リュシーは慌ててベッドに手をついた。だがその手にフェリクスの掌が重ねられ、滲む体温に思考力は鈍麻する。

手は、そっと重ねられているだけ。けれど気持ちの上では、押さえ込まれている気分になる。逃がさないと言葉より雄弁に告げられていた。

「そ、それは……形だけですよね？　アランソン伯爵家には我が家の援助が必要だから……」

「現状アランソン伯爵家は他家に支援してもらわねば立ちいかなくなるほど困っていない。もし今でも借金塗れであれば、お義父上はリュシーとの結婚を認めてはくださらなかっただろう。短い期間で問題を解決した僕を評価してくださったのだから」

言われてみれば、彼の言う通りだ。いくらアランソン伯爵家の歴史や家門の力を欲していても、娘を愛する父が困窮する家にリュシーを嫁がせるわけがない。

家格はそれほどではなくても裕福なメクレンブルク子爵家ならば、他にも選択肢はあったはずだった。

――え？　では何故この結婚が成立したの？　フェリクス様の目的がお金じゃなく、伯爵家が充分立ち直っているなら、もっと高位貴族の娘を妻にすることも可能だったんじゃ……？

「それと、君にとっての『我が家』は既にここだ。メクレンブルク子爵家ではなくアランソン伯爵家であることを忘れないように」

「え、あ、はい」

ぐるぐると思い悩むリュシーの思考を断ち切るかの如く、彼が憮然《ぶぜん》とした様子で告げた。

こちらとしては深い考えもなく実家を『我が家』と呼んだのだが、それが気に入らなかったらしい。

「ええっと……すみません……」

元来素直なリュシーは反射的に謝った。

気に入らないし不満だらけの結婚でも、最終的に了承したのは自分だ。ならば今の物言いは確かにふさわしくない。

冷たい家庭を築くのとは別問題で、改めねばならない態度だと思えたためだ。

「……君のそういう真っすぐな気性、僕は素晴らしい美点だと思う」

フェリクスの双眸が柔らかく細められ、硬質な雰囲気が温かなものになる。昔はよく見せてくれた表情だ。告白が玉砕してからはとんと見かけることがなかったけれど。

何はともあれ、褒められればリュシーだって嬉《うれ》しい。しかしここでニヤニヤしては、全て台無しだ。

緩みそうになる唇を引き締めて、瞳に敵意を乗せた。それこそが心を守るための武装である。

「お褒めに預かり光栄です。ではお休みなさい」

「堂々巡りだな……わざと言っている？　それとも本当に分からない？」

リュシーの手の甲を、意味深に彼の指先が辿る。仄《ほの》かな圧が、何らかの意図を伝えてきた。

じり、と手首まで摩られ、最終的にリュシーの指の間にフェリクスの指が入り込む。指の股を擽られるのが不可思議な喜悦を産む行為だと、初めて知った。

「フェリクス様……？」

「正式に夫婦になった二人が、何をするか教えてもらわなかった？」

彼がリュシーの手の甲にキスをしながらこちらを見つめるものだから、頬が上気するのを止められない。

ペラペラの寝衣一枚で下着も身に着けていないため暑いわけがないのに、先ほどからリュシーの肌はしっとりと汗ばんでいた。

——汗臭いなんて思われたら、屈辱で死にそう……こんなに心許《こころもと》ない格好をしていて暑いだなんて……ん？　そういえば私、今かなりの薄着なのよね……？

ふと視線を下へ移動し、リュシーは自分がどんな格好をしているのかをやっと思い出した。

張り切ったメイドたちが用意したのは、『着ている方が卑猥なのでは』と言いたくなる布面

積の乏しいものだ。しかも上も下も下着はない。

妙に堂々と『新妻とはこういうものです。他に用意はありません』と言い切られたので、渋々着用したのは、今夜フェリクスが自分の寝室に来るはずがないと考えてのことだった。

百歩譲って顔を見せたところで、彼がリュシーの姿に興味は示さないと油断していたせいもある。

——なのに、ガッツリ見ている……！

リュシーの視線に促されたのか、フェリクスもまた目線を下に下げていた。

顔より下は首。そこからもっと下がれば二つの膨らみがある。

リュシーの胸は極めて平均的な大きさだ。小振りではないが肉感的とも言い難い。そんな乳房へ、凝視と呼ぶのが相応《ふさわ》しい視線が注がれていた。

「きゃぁッ」

咄嗟に両手で胸を隠そうとしたが、手を掴《つか》まれているので叶わなかった。空いていたはずのもう片方の手も、いつの間にやら捕まっている。

リュシーは身体の両脇に両腕を広げられ、淫らな寝衣から透ける肢体を観察された。

「は、放してください！」

「放したら、逃げるだろう」

「逃げませんから！　隠すだけです。お願い、見ないでください！」

「だったら駄目だ。僕は見たい」

赤裸々な返事に唖然《あぜん》とし、必死にもがいていたリュシーの動きが止まった。

たった今、彼は何を口にしたのか。生真面目で実直な人の発言ではあり得ない。ひょっとして自分は既に夢の中にいて、淫夢を見ているのかとリュシーは己自身を訝《いぶか》った。

だが五感の全てが『これは現実である』と知らしめてくる。

逃避も許されないほど、生々しい感覚がリュシーを襲ってきた。

「君の全てを、ずっと知りたいと願っていた」

「あ、貴方がこんなにお世辞が上手だとは知りませんでした」

「世辞ではない。本当に、もう何年も夢見ていた」

フェリクスの吐息が頬に降りかかる。耳朶を湿った呼気が撫で、リュシーはか細い悲鳴を漏らしそうになった。

耳殻が食まれ、彼の生温かい口内に迎え入れられる。ぴちゃ、と濡れた淫音が鼓膜を直撃し、リュシーの肌が一気に粟立った。

「や……っ」

「リュシーは、甘い匂いがする」

それはおそらく、メイドたちが丹念に塗り込んでくれたオイルや、惜しげもなく浴槽に浮かべられていた薔薇のおかげだ。

けれど『私本人の香りではない』と言う余裕は、リュシーになかった。

耳から移動したフェリクスの舌が、リュシーの首筋を伝い下りる。寝衣の細い肩紐《かたひも》は、彼が咥《くわ》えてあっさりと肩から落とされた。

扇情的なデザインとは裏腹に、上質な絹の素材が素肌を滑らかに滑ってゆく。僅か肩紐二本で支えられていた寝衣は、あっという間にリュシーの身体を隠してくれる力を失った。

「ぁ……っ」

腹回りで留《とど》まる布が、辛うじて下半身は守ってくれている。しかし実質的な防御力はゼロだ。下着も穿《は》いていないのだから、これを取り払われれば完全なる全裸。

今夜フェリクスに自らの素肌を晒すつもりがなかったリュシーは、動揺のあまり激しく視線を揺らした。怖くて不安で、どうすればいいのか分からない。何かに縋《すが》りたくて、思わず指先を彼に伸ばしたくなった、その時。

「大丈夫。君を愛したいだけだ」

――愛？　愛ですって？

弱気になっていた心が、この一言で奮い立った。

愛が聞いて呆れる。リュシーの初恋を否定した人に、説得力があるわけがない。どうせこの場を取り繕うのが目的だろうと、屈辱感が首を擡《もた》げた。

――私のことなんて、簡単に言い包められると思っているのね……っ？

だが燃え上がった強気は長く続かなかった。

「ひゃ……っ」

剥《む》き出しの乳房を大きな掌が掬《すく》い上げる。弾力を楽しむように彼の指が柔肉に沈み、形を変えた。その際頂を擦られて見知らぬ悦楽がリュシーを襲う。

掻痒感《そうようかん》に似たざわめきが、慎《つつ》ましやかだった先端をそそり立たせた。

「ん、やぁ……」

淡かった色味がたちまち濃いものへ変わってゆく。その変化が異常にいやらしく見え、リュシーは自分の身体のことだとはとても認めたくなかった。

──何、これ……っ、こんなの知らない……！　身体を洗う時は平気なのに……

必死に唇を引き結んでいなければ、淫蕩《いんとう》な声が漏れそうになる。鼻に抜ける息までが卑猥だ。

慌てて己の口を手で塞ごうとすれば、その前にフェリクスの唇が重ねられた。

──二回目の口づけ……

わけが分からないまま翻弄された挙式での誓いのキス。あの時はうっとりしつつも、どうやってあの場を収めようかが気になって仕方なかった。

周囲に大勢の人がいたせいだろう。しかし今は彼と二人きりだ。他には誰も見ていない。家のために円満さを演じる必要はなく、つまりはフェリクスを押しのけて張り手を食らわせても大丈夫なのに、リュシーはまたもや動けなくなった。

全身が弛緩している。もう手を押さえられてはいないのに、両腕はだらりと下がったまま。腰と後頭部に回ってきた彼の手に引き寄せられ、されるがままフェリクスの胸へ抱かれていた。

「ん……ぁ……」

舌が絡み、口内にも敏感な場所があるのだと教えられた。

そこを擽られるとゾクゾクして、勝手に涙が滲んでしまう。息は乱れ、いよいよ淫らに濡れていった。

リュシーの髪を掻《か》き分《わ》けるようにしてうなじを摩られ、堪らない喜悦が注がれる。

普段なら、そんなところに触れられても特に何も感じない。だが今は絶大な快感を産んだ。

彼が身に着けたままのガウンに自身の胸の飾りが擦れ、鼻から抜ける息はより甘さを帯びてゆく。それが恥ずかしくて改めたいのに、一向に思い通りにならない。

滾る呼気はますます熱を帯び、忙しいものへ変わってしまう。喘ぐのに似た音が漏れ、リュシーは羞恥心で全身を茹《ゆだ》らせた。

——こんな卑劣な手管で籠絡《ろうらく》されたくないのに……どんどん力が入らなくなる……っ

経験値の差なのか、フェリクスが的確にリュシーから快感を引き出した。

彼の手がゆったりと肌を辿り、指先で耳を擽り、舌が口内を蹂躙《じゅうりん》する。

混じる呼気が淡い刺激となって、淫猥な水音が鼓膜を叩き、髪が擦れる感覚すら愉悦を掻き立てた。

　フェリクスから与えられる熱、味、音、感触の全てがリュシーから理性を引《ひ》き剥《は》がし、冷静な判断力を奪う。

　せめて一番強烈な影響を及ぼす視覚を閉ざしてしまえばまだ耐えられると思ったのだが、それは大きな間違いだった。

　瞼を下ろし、何も見なければいいと踏んだのに、彼の劣情を孕《はら》んだ瞳から逃れた分、他の感覚が鋭くなる。今どこを見られているのか、触れているのが指か舌か。次にどこを弄《いじ》られるのか。如実に伝わってきて、リュシーは余計に余裕をなくしていった。

「や……おかしなところを触らないでください……！」

「君に痛い思いをさせたくない。それに僕が触りたくて仕方ないんだ」

「あ……！」

　乳嘴がねっとりと生温かいものの包まれ、思わず双眸を見開く。そこには、リュシーの胸に顔を埋めるフェリクスがいた。

　それだけでも途《と》轍《てつ》もなく恥ずかしいのに、あろうことか彼は赤子のように乳首を口に含んでいるではないか。衝撃的な光景に、リュシーが唖然としたのは言うまでもない。

　しかも驚きで固まっている間に、仰向《あおむ》けで押し倒されてしまった。

　深夜、ベッドの上で二人きり。初夜に夫婦がすることは一つしかない。

ここに至って、リュシーはようやく現実を呑《の》み込《こ》むことができた。いや、やっと逃避を諦めたと言うべきか。

――フェリクス様はまさか私と既成事実を結ぶおつもり……っ？　形だけの仮面夫婦をお望みではないの？

だが己が瀕《ひん》する危機を理解できたことと、納得できたかは話が別だ。

凄絶な色香だだ洩《も》れで覆い被さる夫を、呆然と見つめる。そこに、冗談の気配は微塵《みじん》もない。

当然、彼がこの後何もせず部屋を出て行くとは到底思えなかった。

――やる気でいらっしゃるわ……！

男とは、鬱陶しく感じていた『友人の妹』如きに欲情できるものなのか。だとしたら非常に失望する。他の男性が性欲に正直でも気にならないけれど、ことフェリクスに関してなら、リュシーは心底『嫌だ』と思った。

彼には、好きでもない女を抱ける人間であってほしくない。そんな願望が未だ心の底に残っていたらしい。

未練がましい勝手な『理想の押し付け』でしかないのに、リュシーは愚かにも夢を捨てきれずにいた。恋した人は誠実で、実直な人格者だと今尚《いまなお》信じたかったのだ。冷たく振られてあしらわれても、本当のフェリクスは優しい人であると――

――私、馬鹿みたい……

もう一時の恋愛感情に振り回される子どもではないつもりだったが、ちっとも成長できていない自分自身に心の底から呆れた。

現実は厳しい。神様も残酷。

諦念にリュシーは自嘲をこぼしかけたが、その瞬間彼に視線を搦《から》め捕られた。

「一生、君を大切にする。――二度と傷つけはしない」

贖罪《しょくざい》のつもりなのか、その言葉に嘘は感じられなかった。真剣な表情からも、強い後悔が滲んでいる。フェリクスなりに、過去の態度を反省しているのかもしれない。リュシーを振った台詞はどれも辛辣すぎた。

あれから三年以上。人が心を入れ替えられない短さではない。

色々あって結婚したならば、過去を鑑みて自省し最低限夫の義務を果たそうとしている可能性もある。

――でも、それも私の願望が見せる幻《まぼろし》……？　私は、『自分に人を見る目がある』と言い切れる自信がないわ。

揺れ惑うリュシーには、返事をすることはできなかった。

けれど彼もこちらの答えを期待していないようで、苦く口の端を引き上げただけ。

その形のまま下りてくる唇を、リュシーはじっと見守った。

――三度目のキス。

数えている自分の気持ちのありどころが分からない。ただ、嫌悪感がないのは事実だった。

少しだけ慣れたおかげで、こちらからもおずおずと舌を差し出してみる。そうしていると抗《あらが》えない愉悦に流され、余計なことを考えずに済んだ。

――……そうよね。政略だろうが思惑があろうが、私たちが結婚したのは本当だもの。貴族の夫人なら、跡継ぎをもうけるのが重要な仕事。フェリクス様は勝手に外でこしらえてくるとばかり思っていたけど、普通に考えたら私が産むのが自然なのだわ。

家のために。両親のために。子を持たない女の人生は、厳しいものになりがちだ。だからこの選択は、リュシー自身のためでもあった。

そんな言い訳を刹那の間に並べ立て、リュシーは力んでいた身体から力を抜いた。

面倒なことを考えるのは後でいい。今最も大事なのは、今夜を乗り越えることのみ。

初めての男女の営みに怖気《おじけ》づく心は、彼の口づけが溶かしてくれた。

目尻からこめかみ、鼻の頭と頬と唇。次々に降るキスがリュシーの緊張を癒《いや》してゆく。

ヒクリと身を震わせると、温かな掌が身体の稜線《りょうせん》を描いていった。

「ん……ッ」

先刻弄られた乳房が敏感になっている。しかしそこだけでなくリュシーの肌全体が、ひりつく喜悦を拾った。

腰回りに巻き付いていた寝衣はいつの間にか取り払われ、既にリュシーの裸を隠してくれるものは何もない。自分だけが生まれたままの姿にされている居た堪れなさで身を捩れば、フェリクスがぞんざいにガウンを脱ぎ捨てた。

薄闇の中、床に放り出されたガウンを目で追う。ぐしゃぐしゃのままのそれが、ひどく卑猥に感じられ、リュシーは一層頬が赤らむのが分かった。

「余所見《よそ》は駄目だ。僕だけ見ていて」

「え」

やんわりと、ただし逆らう暇もなく頬に添えられた男の手で顔を正面へ向けられた。

その先にあるのは、彼の顔。他には何もない。リュシーの視界はフェリクスで満たされた。

「ぬ、脱ぎっぱなしで汚れてしまわないか、気になっただけです」

「汚れるくらい、どうでもいい。それよりせっかく二人きりなのに、新妻が他のものに意識を奪われている方が大問題だ」

「……っ」

まるで砂糖で煮詰めた睦言《むつごと》だ。愛されていると勘違いしそうになる。

――危ない。私でなきゃ、簡単に堕とされているところだわ……！　何て危険な男なの……！

全力で気を引き締めるも、甘やかすのに似た頬擦《ほおず》りで再び惑乱させられた。

それにここまで密着すると、当たり前だが素肌が触れる。互いに一糸纏わぬ格好なので、リユシーよりも硬い彼の肌と己の皮膚が擦れ、名状し難い衝動が湧き起こった。

「んぅ……っ」

ゾクゾクする。沸騰しそうな頭は空回りするばかり。

せめて息を継ごうとした唇は、たちまちフェリクスにキスで塞がれてしまった。

――ああ、もう何回目なのか分からない……！

何度も触れ合わせたせいで、やや唇がヒリヒリする。腫れぼったくなっている気もするのに、口づけの心地よさは相変わらずだった。

悔しいけれど、こうしていると全てが蕩《とろ》けてしまう。

息苦しさも糧にして、リュシーは全身が火照るのを感じた。

「可愛いな。瞳が潤んでいて、最高に魅力的だ」

――可愛い？　魅力的？　フェリクス様が私にこんなことを言うはずがない。だとしたらこれは夢？　どこからどこまでが？

いっそ目覚めたくないと頭の片隅で考えて、リュシーは愚かな妄想を強引に打ち消した。

――しっかりしなきゃ。主導権や決定権を握るのは私。敵に完全屈服してどうするの！

己を鼓舞するリュシーを嘲笑《あざわら》うかの如く、彼の猛攻は止まらなかった。

こちらの耳に唇をくっつけたまま「僕以外誰も知らない君を全部見せて」と囁かれたのだ。

――は、破壊力が強過ぎる……！

冷たい言葉でリュシーを傷つけたフェリクスと、優しく大人びていた初恋の彼、そして今夜の危険極まりない男。いったいどれが本物のフェリクスなのか。

すっかり翻弄され真実は闇の中だ。

ただ、自分を見つめてくる情熱的な瞳に、このまま酔ってしまいたいと思った。

「……昼間、花嫁衣裳《いしょう》のリュシーは、とても綺麗だった。僕以外の男の目に触れさせたくないと思うほど……この世の誰よりも輝いていたよ」

──え。本当にフェリクス様はどうされたの？

かつての彼は口下手だった。女性に対して誉《ほ》め言葉を並べるなんて、まったく印象にない。それともリュシーが知らなかっただけなのか。

──私に見せていた一面が寡黙だっただけで、実際には思ってもいないことを平気でペラペラ口にできる人だったのかしら……

信じたい気持ちと拭い去れない猜疑心《さいぎしん》。天秤《てんびん》がグラグラ揺れる。けれどこの先の秘め事が避けられない事態なら──リュシーは前者に秤《はかり》を傾けると決めた。

──今夜だけ。私だって、初めての夜を少しでもマシなものにしたいもの。……そうよ、これは戦略的受容。本気でフェリクス様を信じたわけじゃないわ……！

回避できない初夜ならば、正面勝負をした方がいい。尻尾を巻いて逃亡するのも、情けなく泣き喚くのも嫌だった。

——お母様は確か、全て旦那様に任せておけば問題ないとおっしゃっていたわ。それから、辛ければ無抵抗でいる方が早く終わるとも……！

初めてが痛みを伴うものだとは聞いている。苦痛は嫌だ。極力味わいたくない。

辛うじて思い出せた閨《ねや》での作法に則って、リュシーは細く長く息を吐いた。

気分は決戦前の戦士だ。やはり初戦は大事だろう。今後の力関係も左右する。ここで大敗を喫しては、この先もリュシーは彼から蔑ろに扱われる恐れがある。

一度身体を重ねたら、それで終わりという可能性も——

——ん？　その方が私にとって望ましいの？　でも、よく考えたら他人から『夫に顧みられないお飾り妻』と嘲られるのは業腹だわ……！　ただでさえお父様を『金儲《かねもう》けが上手いだけの田舎者』と貶《おとし》める輩《やから》がいるのに、娘がこれ以上社交界で馬鹿にされては名誉にかかわる……！

その瞬間、リュシーの脳裏に天啓が閃《ひらめ》いた。

——だったら、冷たい家庭を作ってフェリクス様を甚振《いたぶ》るのではなく、一見平和な家庭を築いてその後フェリクス様を奈落の底に突き落として差し上げた方がいいのでは……？

時間をかけ『いい妻』を演じ、機が熟した時に家出してやったらどうだろう。

その頃までにリュシーの味方を沢山作っておけば、夫婦仲の不和の原因は彼の方にあると印象付けられるかもしれない。

そうすれば、離縁になったとしてもリュシーが悪《あ》し様《ざま》に言われることはないはず。父に迷惑もかからない。恥をかくのはフェリクスだけだ。

――これだわ……

思った以上に最高の策を思いつき、リュシーはひっそり決意を固めた。

一度従順な妻になった振りをして、『勝気』『可愛げがない』と言われていた自分の噂を覆《くつがえ》す。

更には夫に尽くす良妻の鑑となり社交界に君臨するのだ。

その後、華々しくフェリクスを捨ててやる。

これぞ、最高の復讐。リュシーがかつてされたことをそのまま返してやるのに等しい。

想像するだけで気分が高揚し、リュシーは興奮を抑えられなくなった。

――ふ、ふふ……であるなら、今夜からフェリクス様を虜《とりこ》にすべく頑張らなくては。

「何か考え事をしている？　余所見をしては駄目だと言ったのに……リュシーは僕の思惑通りにまるでなってくれない」

「ひゃう……ッ？」

突然あらぬ場所を撫でられ、リュシーは素っ頓狂な悲鳴を上げた。

そこは、秘めるべき場所。脚の付け根に彼の指先が潜り込み、肉の割れ目を前後に擦られる。

そんなところを他者に触られたのは当然初めてで、リュシーが巡らせていた思考は一気に弾《はじ》け飛んだ。

「や、ぁ……っ」

「ああ、少しだけ濡れている。胸を揉《も》んだのとキスで、気持ちよくなってくれた？」

「いやらしいことを言わないでください！」

肯定も否定もできない質問に、リュシーの顔が引き攣《つ》った。

本当に今夜のフェリクスはどこかおかしい。いや、昼間の結婚式から見知らぬ男のようだ。

兄に友人だと紹介されてから十年以上経つのに、今日一日で目にした彼は全て新鮮すぎる。

今までフェリクスがリュシーに見せてくれていたのは、あくまでも『兄の友人』としての外面だったのか。

――だったら、今日の彼は『男』……？

女の自分に欲情し、欲してくれているのだとしたら。

――嬉しいのか何なのか、自分でも判断できない！

複雑怪奇な胸の内を、冷静に分析するのは無理だった。そもそも初めて尽くしのこの状況で、あれこれ考え事は向いていない。

媚肉の狭間《はざま》を摩られ、腰が戦慄《わなな》く。彼の指先が僅かにリュシーの内側に入り込み、自分でも意識したことのない粘膜を擦られた。

「あ……ッ」

「痛い？」

痛みはない。ただし違和感はある。

どう告げればいいのか戸惑うあまり、リュシーは懸命に首を横に振った。しかしフェリクスにはそれだけで充分伝わったらしい。愉悦を滲ませた笑みで、ホッと息を吐いたのだから。

「よかった。だったらこれは?」

「ぁ、んァ……ッ?」

彼の親指で肉芽を転がされ、リュシーの四肢がビクリと跳ねた。あまりにも敏感なそこを捏《こ》ねられると、じっとしていられなくなる。

指先までがヒクついて、勝手に爪先は丸まり、シーツを乱しながらリュシーは頭上に逃れようとして、あっさり腰を掴まれ引き戻された。

「拒まないで。これでも一所懸命耐えているんだ。これ以上煽《あお》られたら、ひどくしてしまいかねない」

「ひ、ぁ、ああッ」

花芯を二本の指で摘まれ摩擦され、根元から扱《しご》かれる。

胸とは比べものにならない快感に呼吸もできなくなったリュシーには、フェリクスの言葉を咀嚼《そしゃく》することは難しかった。

生まれて初めて味わう官能で、頭は破裂寸前。処理しきれない悦楽がどんどん膨らみ、腰が淫らに揺れた。

「そこ……っ、も、触らないでぇ……っ」

「断る。リュシーが気持ちよさそうに喘ぐ姿をもっと見たい」

――ひどくしたくないようなことをおっしゃっていたのに、充分ひどいわ……！

止めてほしいと言っているのに、彼の指の動きは止まらない。逆に激しさを増し、リュシーが髪を振り乱す度、より執拗になった。

グチグチと粘着質な水音が掻き鳴らされる。それも自分の身体から。粗相《そそう》してしまったのか不安になるほど垂れる体液は、女性が男性を受け入れるために排出するものだと教えられていた。

――つまり私は、この行為を気持ちいいと感じているの……っ？

その上で、フェリクスと繋《つな》がる準備を施している。

「んぁあぁッ」

綻んだ花弁を掻き分け、彼の指が押し込まれた。先ほどよりも奥に。濡れ襞《ひだ》がゆったりと撫で摩られる。違和感は既に遠ざかり、もどかしい喜悦が生まれた。

「あ……変、変になっちゃう……っ、ぁ、あ」

「大丈夫。全部僕に任せて。リュシーは感じてくれるだけでいい」

「ひぃ……っ」

愛蜜を掻《か》き回すようにぐぷぐぷと指を動かされ、聞くに堪えない淫音が響いた。

同時に膨れた淫芽を押し潰され、快楽の水位が上がる。

脚を閉じたいのに、間にフェリクスがいるから叶わず、それどころか大きく膝を割られた。恥ずかしい場所を晒している。いくら光源の乏しい室内であっても、この距離なら彼に丸見えだろう。

フェリクスの眼差しが己の股座《またぐら》に注がれているのが分かり、リュシーは涙目で頭を振った。

「やだぁ……っ」

「綺麗な色だね」

「……え、や、待って……！」

けれど羞恥の責め苦はこれだけで終わらなかった。

リュシーの腿《もも》を抱えた彼が下に身体をずらし、そのまま上体を倒してくる。

自分の肉体で最も隠しておきたい部分とフェリクスの顔が接近してゆくのを、リュシーは呆然として見守った。

――え？　まさか……

母が語ってくれた『初夜の心得』は大半を聞き流し、ろくに覚えていないけれど、こんな内容が含まれていなかったことは確実だ。

何故ならそこは不浄の場所。人体で最も穢れていると言って間違いない。それを、そんなところを舐めるなんて、正気の沙汰とは思えなかった。

「フェリクス様！　それはいけませ……ァっ、あああッ」

指とは異質なものに花蕾が弄られ、リュシーの眼前に光が散った。

涙が勝手に溢《あふ》れ出す。悲しいのでも痛いからでもない。

ひたすらに気持ちがよくて、己の身体を制御できなくなった結果だった。

「んァっ、だ、駄目……は、ぅうんッ、ぁ、あ」

肉厚の舌で転がされるだけでなく、時折触れる硬い歯の感触にも悦楽が掻き立てられた。

ねっとりと舌全体で押し潰されたと思えば、舌先で弾《はじ》かれる。甘噛みされ窄《すぼ》めた唇で圧迫されては、無垢な乙女が耐えられるはずがなかった。

「ぁ……あああ……ッ」

甲高い嬌声《きょうせい》と共に白い世界に放り出され、リュシーは小刻みに痙攣した。

心臓が破裂しないのが不思議なほど粗ぶっている。鼓動が耳奥で鳴り響き、自身の乱れた呼吸音を煩《うるさ》く感じた。

虚脱した手足を投げ出して、我が身に何が起きたのか混乱する。

閨では、初めての女は痛みを我慢するべしと教えられたのに、聞いた話と違う。それともこの全力疾走した直後のような息苦しさが『苦痛』なのだろうか。

——分からない……でも疲れた……

吹っ飛んでいた睡魔が戻ってきたらしく、リュシーの瞼が下りてくる。

疲労感は、先刻より何倍にもなって全身を苛んでいた。もうこのまま眠ってしまいたいと今まさに意識を手放しかけた時。

「まだ眠らせないよ、リュシー。夜はまだ、始まったばかりだ」

「へ……？」

半分以上夢の世界へ旅立ちかけていたリュシーは、茫洋《ぼうよう》とした眼差しをフェリクスに据えた。

彼の赤い舌が、濡れた口元を拭う。その滴の原因が自分だと思うと、微睡《まどろみ》は一気に消え去った。

「……！　あ、あんなところを舐めるなんて、き、汚いです……」

「リュシーの身体に汚れた場所なんてないよ。ずっと舐めていたいくらい、甘かった」

人体が甘いはずがない。しかもいくら風呂で磨き上げた後でも、駄目なのでは。

リュシーが狼狽のあまり反論できずにいると、再び両脚を左右に開かれた。

「……まだ狭いね。君のここに触れた男が他にいないと分かって、嬉しい」

「私は、婚前交渉するようなふしだらな女ではありません」

「うん、知っている。だけど自分で確かめないと、不安で仕方なかった。この数年間で君はどんどん綺麗になって、いつか誰かに奪われてしまわないかずっと怖かったんだ」

「え……」

その言い方では、フェリクスは数年間リュシーを陰から見守っていたように聞こえる。

他の男性に嫁いでほしくなかったと告げられた錯覚がし、ドキドキした。そんなもの言葉の綾《あや》か彼お得意の演技に違いないのに。

「わ、私を手酷く振ったくせに、今更何を言いたいのですか」

「その点に関しては、否定できない。下手に言い訳するつもりもない。リュシーを傷つけたのは真実だから、僕の一生をかけて償うつもりだ」

真剣な態度と真摯な言葉。嘘の気配はどこにもなかった。

――本当にどこからどこまでが夢？

リュシーの目頭が、かぁっと熱くなる。先ほどとは違う理由の涙が溢れそうになり、瞬きでごまかした。

「まずは今夜、リュシーに最上の快楽を与えることで僕の本気を知ってほしい」

「や……ぁ、はぅっ」

美麗なフェリクスの身体の一部とは信じられない赤黒い肉槍が、リュシーの陰唇にキスをした。だが、侵入しようとしたのではなく、触れ合っただけ。

秘裂に添って剛直が押し当てられ、楔《くさび》を挟むようにリュシーの太腿《ふともも》が閉じられた。

「何……ぁ、あ、んぁ……ッ」

溢れた愛蜜を絡ませた昂《たか》ぶりが前後に動かされ、にちゃにちゃといやらしい水音が段々大きくなる。同時にリュシーの花芽が彼のくびれに引っかかって、とんでもない快感を産んだ。

「ああぁッ」

指や舌ともまた違う。肉槍に浮き上がった血管でも花芯が嬲《なぶ》られた。

しかも頭を起こして自らの下半身に視線をやれば、閉じた腿の間から逞しい男根が何度もこんにちはしてくるではないか。

あまりにも卑猥な景色にリュシーの蜜口が一層滑りを帯びた。

「あはぁんッ」

めくるめく快楽に、もう意味のある言葉は紡げなくなった。開きっ放しになったリュシーの口は、艶声を漏らすだけ。口の端から唾液が垂れ、全身に汗が吹き出す。

性器同士が擦れ合い、想像もできないほどいやらしい。

それなのに、ふしだらだと思う度リュシーの法悦は高まっていった。

「ぁあ……そこ、強くグリグリしないでぇ……っ」

「ああ、ここ？　分かった、もっとしてあげる」

「ち、違……っ、ひ、ぃんっ」

リュシーの両脚を纏めて抱えたフェリクスが、激しく腰を前後させる。擦り立てられた蕾はすっかり慎ましさをなくし、貪欲に愉悦を享受した。

また、あの真っ白な世界に放り出されそうになり、腹の奥がきゅうッと収斂《しゅうれん》する。そう何度も大きすぎる快楽を味わえば、本当におかしくなってしまうかもしれない。

引き返せない道に踏み込む気がして、リュシーは自らの拳を固く握り締めた。

た。

息が苦しい。切羽詰まった波が押し寄せてくる。だが気を逸らそうにもどうにもならなかった。

「やぁあ……ッ」

今度は一度目よりもっと強烈に達し、リュシーは喉を晒して嬌声を迸らせた。

「ぁ……ぁあああぁッ」

なす術《すべ》なく絶頂に押し上げられ、リュシーは喉を晒して嬌声を迸らせた。

自分でも陰唇がヒクつき、そこが名残惜しげにフェリクスのものにキスしているのが分かって、恥ずかしくて堪らない。けれどもう指一本動かすのが億劫《おっくう》だった。

「素直な身体だ。僕を歓迎してくれているみたいに綻び始めたのが分かる？」

「んぅ……っ」

リュシーの脚を解放した彼が泥濘《ぬかるみ》に指を沈めて来て、そこが先刻までより明らかに柔らかくなっているのが伝わってきた。

もはや二本の指でも難なく呑み込める。引き攣《つ》れる違和感は全くなく、悦楽だけがあった。

「……っ、ふ、ぁ、あ……」

「リュシー、君を完全に僕のものにするよ」

こめかみに口づけてきたフェリクスの声音に、贖罪の響きがあったのは聞き間違いか。さながら許しを請う切実さに、戸惑わずにはいられない。

だがリュシーが彼の真意を問《と》い質《ただ》す間もなく、長大な質量が肉道を押し開いた。指とはまるで違う硬く逞しいものに、体内を引き裂かれる。丁寧に慣らされ解《ほぐ》されていても、初めて男の象徴を受け入れるには、リュシーのそこは狭かった。

「ぐ……っ」

ぼんやりしていた意識が強引に引き戻され、揺蕩《たゆた》っていた快楽はたちまち霧散する。痛みで感覚が明瞭になった。

「……っ、ごめん。苦しいか？」

分かっているなら、止めてほしい。

リュシーが小刻みに頷くと、フェリクスが滾る呼気を吐き、動きを止めた。けれどてっきり引き抜いてくれるものと安堵《あんど》したのは、甘い考えでしかない。

しばらくじっとしてくれていたのも束の間、彼は再び体重をかけてくる。少しずつ、けれど着実にリュシーの内側へと剛直を埋めていった。

「や……ぁ、あ……ッ」

「……くっ……力を抜いて」

それができれば苦労しない。文句の代わりにリュシーがフェリクスの腕に爪を立てれば、彼は呻《うめ》きもせず口づけを落としてきた。

「辛かったら噛《か》みついてもいい。でも、止めてはあげられない」

――やっぱり、非道な人……！　ああ、それなのに……

頭を撫でられて、昔のことを思い出した。

そういえば幼い頃は、よくこうしてフェリクスはリュシーの頭を撫でてくれた。子ども扱いだと分かっていても、胸をときめかせていた日々が思い起こされる。

一片の影もない、煌《きら》めく宝物。憂いや悲しみを知らず、ある意味完璧だった過去。

当時の気持ちがよみがえり、不思議と痛みが薄れてゆく。深く息を吐き出せば、僅かながら苦痛が和らいだ気がした。

「リュシー……」

甘い声音でこちらの名前を呼び、彼がリュシーの眼尻に唇を寄せる。滲んだ涙を吸い取って、宥《なだ》めるように頬を啄《ついば》まれた。

労《いたわ》りのキスはとても優しい。激しさがない分、別の何かを注がれた心地がした。

「は……ん……」

乳房と花芽を同時に捏ねられ、遠退《とおの》いていた愉悦が戻ってくる。じんわりとリュシーの体内が熱を帯び、消えかけていた官能の火が再び燃え上がった。

「ぁ……」

「いくらでも引っ掻《か》いてくれて構わないよ」

リュシーの両腕はさりげなくフェリクスの背に導かれ、指先から感じる筋肉質な造形に少なからず驚いた。

目にしただけでも逞しいと思ったが、触れれば余計に性差を突きつけられる。

父や兄とは違う『雄』の気配に息を呑まずにはいられない。するとリュシーの蜜道がやわやわと蠢《うごめ》いた。

「……っ、君の中はとても温かくて気持ちがいい」

掠《かす》れた声で告げられると、より隘路《あいろ》が戦慄く。どうしてなのかは自分でも分からないまま、リュシーはきゅっと胸が昂《たかぶ》るのを感じた。

「……は……動いていいか?」

眉間に皺《しわ》を寄せた彼に問われ、二人の局部が重なっているのに思い至る。ジンジンと疼痛《とうつう》を訴える濡れ襞が、フェリクスの楔を全て呑み込めたことを教えてくれた。

「……は、い」

このままでは終われないことを察したリュシーが頷けば、彼がこの上なく嬉しそうに微笑んだ。フェリクスの汗まみれで余裕のない笑顔は、初めて目にするもの。リュシーから一瞬たりとも逸らされない視線は熱く、情熱的だった。

ついこちらからも瞳を逸らせず、見つめ合う形になる。

相変わらずあらぬ場所が激しく痛むのに、それを上回る感覚がリュシーの内側に広がってゆく。それはおそらく、充足感。快楽とも言える。

吐き出した息には、明らかに官能の色が交じっていた。

「ん、ぁん……っ」

緩やかに腰を揺らめかせた彼がリュシーの太腿を抱え直し、火照った肌を撫で摩る。

それが殊の外心地《ここち》好《よ》くて、リュシーはか細く喘いだ。

フェリクスの触れ方が、宝物を扱うような繊細さに満ちていたからかもしれない。大事にされている錯覚は、悪くない。道具として扱われるより、ずっと良かった。

――私の中に、フェリクス様がいる……

こんなふうに彼と抱き合う日が来るなんて、数年前の自分なら思い描くこともできなかっただろう。今だって、半信半疑なのだ。

それでもこの痛苦は紛《まが》い物《もの》ではない。皮肉なことに初めての痛みが、リュシーに全て現実であることを思い知らせた。

「……っく、ぁ……」

「リュシー、とても綺麗だ。夢みたいだよ。やっとこの腕の中に君を抱けた――」

繰り返し淫路を擦られ、段々苦痛を上回り喜悦が膨らんだ。蜜液が体内から滲み、フェリクスの動きを助ける。

肉壁は強張《こわば》りを解き、柔らかに彼の肉槍をしゃぶり始めた。

「……ぁ、あ、ぁんッ」

「声が少し変わってきたね」

うっとりと囁かれ、リュシーの感度が如実に上がった。

じりじりと快感が大きくなる。もどかしい愉悦が繋がる場所から末端へ広がってゆく。

フェリクスの親指に肉芽を弄られると、明確に法悦が存在感を増した。

「はうっ、ぁ、駄目……っ」

「ここ、気に入ってくれたみたいで、嬉しいな。いくらでも愛《め》でてあげる」

過敏な淫芽は刺激されればされるほど、敏感になる。

卑猥に膨れより扱き易くなったのか、彼がやや強めに摩擦してきた。初めの頃なら、痛みを覚えたことだろう。けれど今では、極彩色の快楽に変換された。

視界が歪み、明滅する光で霞《かす》む。涙や汗で顔も身体も湿っているに違いない。何よりも、彼を呑み込んだ淫路が滴る蜜を溢れさせていた。

悲鳴じみた嬌声を漏らし、リュシーが悶《もだ》える。シーツは乱れ、卑猥な染みができているに違いない。だがそんなことを心配する暇もなく、蜜壺を掘削された。

「ぁあぁッ、ぁ、ひ……っ」

打擲《ちょうちゃく》音を奏でながら、互いの肌が何度もぶつかる。その度に体内を抉られ、リュシーの視界が上下した。腹の中をフェリクスの肉槍が往復する。奥を穿《うが》たれると苦しいのに、痺れに似た喜悦もあった。

生温い滴がリュシーの内腿《うちもも》を伝い落ち、更にシーツを濡らしてゆく。

意味をなさない嬌声を漏らし、リュシーは彼の身体にしがみつくことしかできなくなった。

「……ぁッ、あ……激し……っ」

「もっと僕に抱きついて」

言われるがまま従ったのは、そうしないと意識が飛ばされてしまいそうで不安だったから。

密着するフェリクスの肢体がリュシーを留めてくれる気がした。

彼の声、汗の匂い、口づけの味、体内を貫かれる感覚だけが今の自分に感知できる全て。他は何もかもが現実味を失っていた。

「やぁ……ッ、も、無理……っ」

ガクガクと全身が揺さ振られ、ベッドが軋んだ。

自身の腕をフェリクスの背中に回すだけでは物足りず、リュシーは己の両脚も彼の腰に搦める。すると繋がりが深くなり、フェリクスの肉槍の先端が熟れた蜜窟を抉った。

「んぁああッ」

「リュシー……っ、君の中が僕を締めつけてくる……っ」

腹の奥が収斂し、彼の形が生々しく伝わってきた。

無垢な処女地がフェリクスの楔に馴染《なじ》んでいることが分かる。内側から作り替えられてゆくようで、興奮と動揺が渦巻いた。

けれど摩耗した思考力ではどちらの比重が大きいのか探る余力はない。

「アッ、あ、あぁぁ……っ、ぅあッ」

だらしなく喘ぎ、逸楽に支配されたリュシーは無我夢中で彼を掻《か》き抱《いだ》いた。荒ぶる心音が一つに重なり、もはや絶頂に向かい駆け上がる速度を止められない。自分も腰を振っているとは知らず、弾ける瞬間を待つより他になかった。

「……っ、このまま君の中に出すよ。僕の子を孕んでくれる?」

「ゃ……あ、ぁああ……っ」

否定か肯定か、それともただ声がこぼれただけなのか、リュシーが答えを返す前に唇は口づけで塞がれた。

フェリクスから問いかけておきながら、返事は聞きたくないと言わんばかりに。

「んん……ぅ、ふぅう……ッ」

最後の嬌声は、彼の口内に吐き出された。リュシーの四肢が激しく踊る。数度痙攣し、虚脱するまでに幾度も快楽の波に溺れかけた。

繰り返し押し寄せる喜悦が肌を戦慄《わなな》かせる。すっかり弛緩した体内に熱い迸りが注がれたのは、数秒後。

まるで知らなかった場所を、熱液が満たしてゆく。最奥に密着した昂ぶりが跳ねながら、最後の一滴までリュシーの中へ白濁を吐き出していった。

「……あ、あ……」

「は……リュシー……」

息を乱した彼がこちらの顔を覗《のぞ》き込《こ》んでくる。情欲はなりを潜め、代わりに慈しむ光が黒い瞳に宿っていた。

そう、思えたのはリュシーの願望にすぎないのか。もしくは限界に達した精神が見せた幻なのか。

判断する間もなく、リュシーの意識は今度こそ暗闇の中へ沈んでいった。

3　昼間の秘め事

アランソン伯爵家の若奥様、リュシーの朝は遅い。

実家で暮らしていた時には使用人に起こされる前に目を覚まし、自分でできる身支度を済ませていた頃からは考えられない。

今では、正午が近くなってようやくベッドから起き上がれる有様だ。

しかもメイドたちは心得ているようで、決してリュシーに起床を促さない。あくまでもリュシーが自然と目覚め、ベッドから起き上がったところ絶妙なタイミングで入室してくるのだ。

おそらく扉の前で毎日待機しているに違いない。しかもそのことに対し、不満を抱いている様子もなかった。

――何だか嫁いで早々自堕落を決め込んでいる怠惰な主で心苦しい……だけどまぁ、本当に悪いのはフェリクス様ですけどねっ？

こうも毎朝リュシーが起きられない理由。そんなものはただ一つだ。

毎夜毎晩執拗に、夫となった男が求めてくるからに他ならなかった。

——いくら仲睦まじい夫婦関係を演出するつもりであっても、流石にやりすぎじゃないっ？
しかもフェリクス様は変わらずお元気で、むしろ肌艶がよくなっているってどういうことなの……っ！

こちらは腰を中心に内腿やら『何故そんなところまで？』と疑問になる場所まで、隈《くま》なく筋肉痛なのに。

リュシーは平気な振りをして歩いているが、実際には生まれたての小鹿状態で両脚がプルプルしている。正直、食欲すら失《う》せるほど、日々疲労困憊《ひろうこんぱい》を極めていた。

——ああ……今日も太陽が眩《まぶ》しくて、本音ではずっとベッドに横たわっていたい……しかし昨夜も卑猥な営みが繰り広げられたベッドは掃除してもらいたいし、じっとしているとフェリクスの残り香を嗅ぎ取って落ち着かなくなる。

いったい彼は、いつ自分の寝室を使うつもりなのか。結婚して二週間、フェリクスは当たり前のようにリュシーの寝室に通ってくるので、彼が自室で眠ったことはないはずだ。

——何だか色々、想像と違う……

冷え冷えとした家庭を築く目論見は潰《つい》え、かと言ってリュシーにはフェリクスを手玉に取れる手腕もなかった。現状、自分の方が完全に翻弄されている。夜も然《しか》り。

毎夜訳が分からなくなるまで快楽を極めさせられ、こうして朝日を拝むことすらできないのだ。

──疲れが蓄積して、昼間は何もする気が起きない。これじゃ、悪妻と言われても仕方がないわ……予定では良妻として君臨するつもりなのに、屋敷の采配だってままならないじゃない。

フェリクスの母は既に亡く、実質アランソン伯爵家の女主人はリュシーだ。それなのに未だそれらしい仕事は何もできておらず、ゴロゴロしているだけ。

これでは使用人たちから軽んじられてもおかしくない。今はまだ敬意を持って接してくれているが、いずれ陰口を叩かれるのも時間の問題だと思った。

──駄目だわ。今日こそきちんとしないと……家内の予算管理に使用人の教育……家財や装飾を季節ごとに変えるのも、女主人の役目だもの……

実母がポヤッとしていたので、物心ついた頃からメクレンブルク子爵家を仕切っていたのは半分以上リュシーだった。父もその方が安心だったのだろう。

いつしか家の年間予算管理もリュシーに任されるようになり、おかげで嫁いだからと言って慌てふためくこともなかった。家は違えど、やることは同じだ。

軋む身体を何とか動かし、リュシーは鏡台の前から立ち上がる。髪を結ってくれていたメイドと鏡越しに目が合い、ニコリと微笑まれた。

「どちらかへ行かれますか？　若奥様」

「ええ……少し邸内を見て回りたいの。ここへ来てほとんど自室と食堂以外行き来していないし」

「かしこまりました。ではご案内いたします」

恥ずかしながら、リュシーは未だにアランソン伯爵家の庭園さえ歩いたことがなかった。そんな体力が残されていなかったのだから当然だ。

しかし満を持して今日こそはと己を奮い立たせた。

——まずは敵情視察が大事よね。これからはここが私の戦場になるのだし……野生動物だって縄張りの見回りは欠かさないわ。それから家令に予算表を用意させて、家政婦とも話し合わなくては……

本日の予定を素早く頭で組み立て、リュシーは意気込んだ。

——それにしても、このドレスは装飾が多くて重いわ。疲れた身体には厳しすぎる。

メクレンブルク子爵家では来客がない限り軽装でも許されたが、ここではそうはいかない。ただでさえ二週間も部屋に籠りきり状態だったのだ。ボチボチ主の威厳を使用人たちに見せねばなるまい。

ワードローブにみっちりと並べられていた新品のドレスの中から、一番大人しめのものを選んだつもりだったけれど、たっぷりと布を使ったフリルや豪奢《ごうしゃ》な刺繍《ししゅう》がずっしりとした重量になり、リュシーに伸《の》し掛《か》かった。

——この上質さだと、我が家ではとても『普段着』と呼べないわね。どう考えても、とっておきのドレスだわ。アランソン伯爵家の経済状況が改善したというのは、本当なのね。

決して華美ではなくても、高級な素材で作られた一級品だと分かる。

こういった品を惜しげもなくお飾り妻に揃《そろ》えられる辺り、没落寸前と言われたアランソン伯爵家が完全に盛り返しているのは間違いない。

リュシーの父が娘の結婚相手にフェリクスを選んだのだから当たり前なのだが、改めて感嘆せずにはいられなかった。

——フェリクス様の手腕だとお父様も言っていたし……そういうところは、純粋にすごいと思うわ……でもだったら、本当に何で私と結婚を？

リュシーの父に打診されたとしても、フェリクス側に利益が少なく感じる。今のところ愛人の影もなく、形だけの結婚生活とも言えないのだ。

だいたい他に女がいれば、毎晩夜明けまで妻を抱く夫がいるはずがなかった。

——うぅん……さっぱり分からない。

相手の考えが不明なのは気持ちが悪い。どうにも疑心暗鬼が加速する。

リュシーは眉間に渓谷を刻みつつ、久方ぶりに食事以外の理由で部屋を出た。

「若奥様、まずはあちらに」

どこから回ろうか特に決めていなかったリュシーは、メイドに促され素直に進んだ。

アランソン伯爵邸は広く、うかつに歩き回れば迷いかねない。生まれた時からここで暮らしているはずのフェリクスであっても、きっと足を踏み入れたことがない部屋も少なくないと思った。

一時期権勢をなくしていたとはいえ、アランソン伯爵家は元々歴史ある家柄だ。代々受け継いできた王都の土地と屋敷は健在だった。これを維持するだけでもかなり大変だったことは、想像に難くない。

ならば新参者のリュシーは、ここをよく知るメイドに従うのみだ。

――まずはどこへ向かうのかしら？　今後出入りする頻度が高そうな応接間？　それとも貴重品が飾られているギャラリー、図書室もあり得るわね。それとも敷地内にある礼拝堂かしら。

廊下に敷かれた毛足の長い絨毯《じゅうたん》を踏みしめ、リュシーは段々楽しくなってきた。

もとより、好奇心は強い方だ。知らない場所を見て回るのは、冒険しているような気分を味わえる。

――わぁ……この絵、素敵。最近人気がある画家のものよね。一度本物を見たいと思っていたから、ここでお目に描かれるなんて幸運だわ。あら、こっちの彫刻も……予約で数年先まで仕事が埋まっている工房のものじゃない？

よもやギャラリーまで行かずとも、これほどの傑作が廊下に飾られているとは思わなかった。それもリュシーの自室のすぐ傍だ。

食堂へ向かう際には通らない場所なので、これまで気づかなかったけれど、よくよく見れば垂涎《すいぜん》ものの作品ばかりが並んでいた。

──驚きだわ。全部私がいつか目にしたかったものばかりじゃない。我が家はお父様もお母様もこういうものに興味がないから、諦めていたけれど……

ひょっとしてフェリクスは自分と趣味が似ているのだろうか。けれどそれにしては、私室や食堂へ向かう道中には飾られていなかった。

──こちらの方向にだけ……？　何だか、これらが見たかったらこっちに来いと言われているみたい。

首を傾げつつ、何度か立ち止まって作品を鑑賞しながら、リュシーは歩を進めた。すると先導してくれていたメイドが、やがて一つの扉の前で足を止める。

「こちらでございます」

「え？　そうなの？」

何がこちらかは不明だが、まずはこの部屋から見学しろと勧めているらしい。

──重厚な扉。アランソン伯爵家ではよく使う部屋なのかしら？

一枚板で作られたと思《おぼ》しき扉は、細かな細工が施され、威風堂々としている。触れるまでもなく重そうだと感じられた。

──間取りから考えると、大階段から離れているし、来客用の居室ではなさそうね。

如何《いか》にも歴史がありますといった風情にリュシーが若干気後れしていると、扉は内側から恭しく開かれた。

――え。

どんな景色が広がっているのかと思いきや、まず視界に飛び込んできたのは大きな机。飴色《あめいろ》に磨き抜かれたそれは、リュシーの父が使っていたものよりもどっしりとして存在感があった。

その向こう側に腰かけているのは。

「フェリクス様……」

せっかくドキドキしていた気分が一気に萎《しお》れた。

夜まで顔を合わせることはないと安心していたところに、まさか昼間から敵と再会する破目になるなんて。とんだ悪夢だった。

「な、何故フェリクス様がこちらに」

「僕の執務室だから当然だ。ようこそ、奥様」

ニッコリと彼が微笑む。日の光が窓から差し込み黒髪が艶やかに煌めいて、本来であればさぞや目を奪われる光景だろう。

だが極力フェリクスと一緒に居たくないリュシーとしては、欠片も嬉しくなかった。

――私自ら敵陣に切り込んだようなものじゃないの……！

もしくは飛んで火にいる夏の虫。こんなことなら、今日も大人しく自室に籠っていればよかった。だが後悔先に立たず。

扉を開いてくれた侍従に促され執務室に入れば、息苦しさが一挙に高まった。

――素直に入室しないで、踵を返せばよかった……！

にこやかに「どうぞ」と言われ、ついつい足を踏み入れるなんて、自分は馬鹿か。動揺のあまり、冷静さを失っていた。

――ううん、今からでも遅くない。別に用事はないのだし、可及的速やかに退散しよう。それにフェリクス様はお仕事中なんだから、邪魔になる。それは不本意だわ！

素早く思考を巡らせたリュシーは焦りを隠して優雅に頭を下げた。

「お忙しいところ、失礼いたしました。私はこれで……」

「しばらく妻と二人きりにしてくれ」

「かしこまりました」

「えっ」

リュシーの言葉に被《かぶ》せられたフェリクスの台詞に愕然とする。こいつは何を言っているんだと、感情を顔に出すのを止められなかった。

「わ、私はもう戻ります。どうぞお仕事をお続けくださいませ！」

「丁度休憩を挟もうとしていたところだ。そこに座って」

見れば、執務用の机とは別に置かれたローテーブルには、既に茶の準備が整っていた。その横のソファを示され、リュシーは全力で断り文句を探す。

しかし侍従もメイドも出て行って、重そうな扉が閉ざされてしまえば、完全に逃げ遅れたとしか言えない。

リュシーの細腕では、この扉を開くのはなかなか骨が折れると思われる。じたばた足掻《あが》いているうちに彼に捕まる気がしたし、そんな醜態を晒すのも矜持《きょうじ》が許さなかった。

「よかったら、これを飲むといい」

「……いいえ、喉は渇いておりません……」

仕方なく渋々ソファに腰を下ろせば、向かいの席にフェリクスも座った。図らずも夫婦揃って初めてのティータイムだ。微塵も望んでいないのに、何故こうなった。

リュシーの目が死んだのは仕方あるまい。

――息苦しい……だいたい私たちの間には、会話もないのよ。フェリクス様は饒舌《じょうぜつ》とは言い難く、昔もひたすら私が喋《しゃべ》っているだけだったものね。しかもこの二週間いやらしいことしかしていないし……！

一般的な新婚夫婦がどういう生活をしているのか謎だが、ここまでギクシャクしていないと思う。それとも貴族の政略結婚であれば、こんなものなのだろうか。

――うちの両親は特別仲がいいから、参考にならないわ。

昔は、お喋りが止まらないリュシーにフェリクスが相槌《あいづち》を打ってくれるのが常だった。そのため、自分が黙ってしまえば今のように静寂だけが降り積もる。

気まずい沈黙が流れ、互いの身じろぐ音のみが妙に鼓膜を刺激した。

——引き留めたところで、やっぱり用はないんじゃない。

お互い損得勘定のみで成り立っている関係なのだから、可能な限り関わり合わないのが平和に決まっている。そうでなくとも、閨では必ず顔を合わせるのだ。それで充分ではないか。

——ああ……肉体面だけじゃなく、精神的にも疲れる。——はっ、もしやこれはフェリクス様から私への嫌がらせ？　だったら受けて立つわ！

ならば負けたくない。黙って虐げられる女になるつもりはなく、リュシーは闘争心を燃やし、落としていた視線を彼に向けた。のだが。

「……っ？」

真正面からぶつかる眼差し。どこか緊張感が漂う空気。吸い込んだ吐息が喉奥で掠れた音になる。

リュシーは自分の判断が誤っていたと瞬時に理解した。

——な、何でそんな目で私を見ているのですか……っ

これはベッドの中で彼が向けてくるものと同じだ。熱を帯び、トロリとした粘度を秘めている。甘さ駄々《だだ》洩れの視線。

それが昼間の『仕事に勤《いそ》しむための部屋』でリュシーに注がれていた。

「……君の方から会いに来てくれるなんて、嬉しいな」

「え、あの、そういうつもりでは……」

「予期しない時間にリュシーの顔が見られるなんて、今日はいつも以上に頑張れそうだ」

「し、仕事の話ですよね？」

妙に淫靡な空気が流れている気がして、確認せずにはいられない。すると彼は珍しくキョトンとした表情で首を傾げた。

「そうだが……他に何を？」

「いいえ！　私もそうだと思っておりました。ですからお気になさらず！」

間違っても夜のことを思い浮かべていたとは悟られたくない。夫が働いている場所で淫らな妄想をしているなんて、とんだ痴女ではないか。

大慌てでリュシーが首を横に振るとフェリクスは納得してくれたらしく、それ以上追求してこようとはしなかった。

——危ない……悪妻どころか破廉恥妻になるところだったわ……

もう調子が狂いっ放しだ。思い返せば、婚約が決まった日から、リュシーはままならない日々の連続だった。想定は悉《ことごと》く裏切られ、準備も対策も無意味。

事あるごとに彼に惑わされている。このままではいけないと咳払《せきばら》いで気持ちを切り替え、リュシーは主導権を握るべく作戦を練った。

——今なら、他の人の目はない。それに夜とは違って話す余裕があるわ。毎晩あっという間に裸にされてわけが分からなくなるまで攻め立てられているから、ろくに会話もできなかったけど……交渉するなら、最高の機会じゃない？

この辺りで一度互いの理解を深めておくのも悪くない。とりあえず、使用人に怠け者の烙印《らくいん》を押されるのを回避するため、夜の行為をやや控えてほしいとリュシーは願い出ようとした。

――フェリクス様は人並み外れて絶倫なのかもしれないわ。それならあえて行為を焦らすことで、私の価値を高めることもできるのでは？　今のところ、愛人を囲うおつもりはないみたいだし。仮にそんな計画があるなら、心の広い妻として許可し恩を売るのも手だわ。――考えただけで腸《はらわた》が煮えくり返りそうだけど――

新妻らしからぬ下卑た思考を巡らせるリュシーは、眼前のフェリクスの存在をつい忘れ、己の考えに没頭した。

昔からこんなふうに夢中になると周りが見えなくなることがある。

だから、突然隣に人の気配を感じ、驚いて横を向いた。

「僕といる時には、余所見をするなと教えたじゃないか。僕の妻は全く思い通りになってくれない。そこも可愛いけどね」

「ひぇ……っ」

気づかぬうちに、前に座っていたはずの彼がリュシーの真横へ移動していた。それだけではなく、取られた手の甲に口づけられている。

柔らかく湿ったフェリクスの唇がリュシーの皮膚を啄み、軽く舐められるに至って、体温が急上昇した。

「ちょ……っ」

「それとも、お仕置きされたくてわざとしている？」

「そんなわけがありません！」

とんでもない誤解だ。思い通りにならないのは、リュシーではなく彼の方だと糾弾したい。真っ赤になったリュシーは自分の手を引き戻そうとしたが、ガッチリ掴まれているため動かせない。むしろ指をフェリクスに食まれ、淫猥に舐められる様を見せつけられることとなった。

「な……っ」

絡んだ視線が熱を孕む。挑発的な男の眼差しが、リュシーの内側を炙っていった。

「や……お、お仕事中なのですよね？」

「今は休憩中だ」

「でもここは執務室では……」

「だから？」

悪びれもせず返されては、二の句が継げなくなった。ここで下手に彼を拒む言動をしたら、また藪蛇《やぶへび》になりかねない。先ほどのように自分一人勘違いして、恥をかく可能性があった。

「……手、放してください……」

「嫌だ」

明確に拒否されて、それ以上何も言えなくなる。リュシーが狼狽している間にも、フェリクスの口内へリュシーの指が一本ずつ招かれ、嬲られていった。

爪を齧《かじ》られ、関節をしゃぶられて、指の股の部分を舌で擽られる。

自分の手に性感帯があると暴いてきたのは、他でもない彼だ。つまりリュシーが息を弾ませずにはいられない場所を、フェリクスは全て把握していた。

「ん……っ」

擽ったくて、特に鋭敏な指先は微かな空気の流れも拾う。まして彼の唾液に塗れた状態では、息を吹きかけられるだけで震えが走った。

「も、もう舐めないで……っ」

「だったら、他の場所ならいい？」

いいわけがないのに、答える前に耳朶を食まれた。耳の奥に濡れた音が届く。耳孔の中にも舌が侵入してきて、リュシーの全身が粟立った。

「んんッ……」

背中に回されたフェリクスの手が、ドレスのリボンを解いてくる。今日リュシーが選んだ服は、前よりも後ろにふんだんな装飾が施されている珍しいデザインだ。

編み上げになったリボンを解かれると、途端に胸元が緩まって、上半身が乱された。

「フェリクス様……！」

「これくらいなら後で僕が着せ直してあげられるよ。女性ものの服は着脱が難しいから、もっと厄介なドレスだったら難しかったけれど……──もしかして期待していた？」

「な……っ、そ、そんなはず……！」

ちっとも、これっぽっちも考えていなかった。とんでもない言いがかりだ。

逆に罠《わな》に嵌《はま》った気分になる。何せ、リュシーのワードローブに収められている品々は全て、アランソン伯爵家で新たに用意された新品ばかりだ。実家から持参したものではない。

──フェリクス様自らが揃えたはずはないけれど、私がこんな展開を望んで今日のドレスを決めたかのように言われるのは、非常に不本意だわ……！

神様の偶然にしても、試練が過ぎる。リュシーはどうにかこの窮地を脱しようと抗った。

夜の寝室でならまだしも、今は真昼間の執務室だ。

人払いをして二人きりになったのは、使用人たちに知られている。そのまま新婚夫婦が長い時間出てこなければ、中で何をしていたかなんて考えるまでもないだろう。

──私の評判が更に地を這うことになってしまう……！　フェリクス様だって、妻を迎えて色惚《ぼ》けたと言われかねないわ……！　──あら？　でもその方が好都合？

一瞬のうちにそこまで考えたが、二人一緒に盛っている馬鹿夫婦とせせら笑われる未来しか思い描けず、リュシーは背筋を震わせた。

──却下よ。ここは何としても危機回避しなくては……！

「休憩なさるおつもりだったのですよね？　お疲れなのでしょう。でしたら、どうぞゆっくり休んでください、お一人で！」

「君と触れ合っている方が、疲れが取れる」

「変なことをおっしゃらないで……あっ、どこを触っているのです」

「早くも芯を持ち始めたリュシーの乳首かな」

シレッとふしだらな発言をされ、リュシーはポカンと口を開いた。

自分の知る彼が淫らな単語を直球で口にしたことが、信じられない。その上早くも下着まで脱がされている手際の良さに、驚きを隠せなかった。

生真面目で控えめだったフェリクスはどこに行ってしまったのだ。昔の彼なら、職務中明るい時間帯に女と乳繰り合うなんて、どう考えてもあり得なかった。

——それともやっぱり、私がこの方の本質を見抜けていなかったの……っ？

本当のフェリクスは誠実者の仮面を被った遊び人だったのか。不思議と振られた時よりも傷ついて、リュシーは涙ぐみそうになるのを懸命に堪えた。

だがその時、滲む視界の中に彼の耳が映る。

赤く熟れた色味に染まった耳朶。耳殻も熱を孕んでいるのが一目で分かる。

表情の乏しいフェリクスとは裏腹に、そこだけが正直な心情を表している気がした。

——え……もしかしてフェリクス様も照れていらっしゃる……？

侍従を部屋から追い出して、休憩と称し妻と淫らな遊戯に耽る後ろめたさや背徳感を抱いているとしたら。それでも尚、リュシーと触れ合いたいと願っているなら。

「……っ」

キュンっと高鳴る胸が制御できない。

官能的な流し目を彼から向けられ、リュシーは瞬きすらできなくなった。

――理性的なフェリクス様が、貞節や良識を忘れるくらい私を欲してくださっている……？

仮に演技なら、もはや名優と言っていい。騙されない方がどうかしている。この世の誰も信じないくらい猜疑心に満ちていなければ、どんなに人生経験豊富でも謀られてしまうのではないか。

ドッドッと鼓動が加速する。血潮が激しく巡り、眩暈がした。

搦め捕られた視線には、強制力があるとしか思えない。しかも見つめ合うほどに、リュシーの体温が上がっていった。

――気を確かに持って、しっかりしなきゃ……流されちゃ駄目――

掻き集めた理性で、身体に逃げろと指令を出す。

しかし心の抵抗虚しく、リュシーはソファに押し倒された。

仰向けに寝転がれば、彼が真上から覆い被さってくる。目尻に朱を刷いたフェリクスは、目を背けるのが困難なほど魅力的だった。

「……ぁ」

息が乱れる。漏れた声は掠れ、微かに震えていた。自分で聞いても媚を含んだ卑猥さが、一層リュシーを惑乱させる。

彼の手の甲がこちらの頬を撫で、形や温もり、弾力の全てを確かめられている心地がし、呼吸の仕方を忘れた。

フェリクスの指先も眼差しも、火傷しないのが不思議なくらい燃えている。

標本箱に磔《はりつけ》にされた蝶《ちょう》の心境が理解でき、リュシーは手足を力なく投げ出した。

「……明るい日差しの下で見るリュシーは、想像以上に綺麗だな」

曝《さら》け出された女の乳房に、窓から差し込む太陽光が降り注ぐ。日の温もりが感じ取れ、汗が滲むのも分かった。

上半身は完全に脱がされて、本来なら寒さを感じてもおかしくないが、むしろ暑いのが不思議だ。逆に体内から火照り、一呼吸ごとに火力が増す。

息を吸い込めば彼の香りを嗅ぎ取って、内側から侵食されてゆく錯覚に陥った。

「ん……っ」

「一糸纏わぬリュシーも眼福ものだけど、こうして着崩れている様もそそるな……」

下からスカートの中へ潜り込んだフェリクスの手がリュシーの太腿を撫で摩り、さながら『悪いこと』をしている気がした。

実際今はこんなことをしている場合ではない。

優秀なアランソン伯爵家の使用人が覗《のぞ》き見や立ち聞きはしないと信じていても、職務熱心故に、扉の外で待機している可能性は高い。主にいつ呼ばれてもいいよう、聞き耳を立てていないとは言い切れなかった。

「駄目……っ、声が、出ちゃう……っ」

「出しても構わない」

「わ、私が構うんです……！」

リュシーは彼の手をスカートの上から必死で押さえたが、あっさりと振り払われた。それだけでなくフェリクスがこちらの手首を一纏《ひとまと》めにして、解いたクラバットで括《くく》ってしまうではないか。

「えぇっ」

「音を立てたくないのなら、大人しくしないと。――ああ、それとも口を塞いでほしかった？」

淫蕩さを隠さない口調で言われ、リュシーは瞬時に『口を塞がれた自分』の姿を想像した。猿ぐつわを噛まされて、昼日中夫の執務室でソファに転がされた新妻。それも中途半端に服を脱がされ、いやらしく頬を染めた状態で。

――どんな辱めよ！

傍から見たら、とんでもない変態だ。教会の教えにも、母から聞いた心得の中にもなかった。たぶん、世の夫婦だってそこまで弾けた真似はしていないと思う。――おそらく。

「フェリクス様はもっと恥じらいをお持ちくださいませ。ご自分がとんでもない発言をされている自覚はありますか？」

「当然ある。だが案じなくていい。君だけだ。相手がリュシーだから、卑猥で妙なことを言いたくなる」

正々堂々言い切られ、内容は褒められたものではないのに、格好いいことを言われていると危うく勘違いしそうになった。

それもこれも全部、彼が無駄に整った容姿をしているせいだろう。

さらに問題なのは、フェリクスの顔がリュシーの好みど真ん中であることだった。それは、恋心を断ち切られた今でも変えられない。何せ趣味だ。

中身に失望したからと言って、見た目の好き嫌いまで変化させるのは難しい。ましてこんなふうに至近距離で見つめられては、ドキドキするなという方が不可能だった。

「ん……っ」

回数を重ねるごとに、口づけが甘くなる。飽きることは全くない。

変化は息の継ぎ方が上手くなり、慄《おのの》かず舌を絡ませられるようになったのみだ。全て、彼が教えてくれたこと。

互いの唾液を混ぜ合って呑み下せば、もっと興奮が高まることもフェリクスがリュシーに刻み込んだ。

「……ぁ、ふ……」

淫靡な水音にそろそろ慣れたいのに、毎回恥ずかしくてリュシーは瞳を揺らした。

それを彼は存分に理解しているらしく、いつもわざといやらしく音を立てる。今日もまた、じっくり口内を掻き回され、舌が痺れるまで粘膜を擦り合わせられた。

「……んん、ぁ、う……」

キスに夢中になっている間に脚の付け根を弄られ、下肢を守る下着だけが抜き去られる。

リュシーの位置からはスカートがあり、秘めるべき場所は窺えない。だがフェリクスからは全て見られているはずだ。

陽光眩しい室内で、全身隈なく検分されていると思うと、蜜口が潤うのが分かった。

「くぅ……ぁ、んん……ッ」

綻び始めた花弁を彼の指が辿り、自分の形や膨らみを意識せざるを得ない。まともに目視したことはなくても、フェリクスの触れ方で伝わってくるのが殊更いやらしかった。

トロリと溢れた潤滑液が彼の動きを滑らかにし、より一層リュシーの快楽を煽ってゆく。

滑る感触が肉のあわいを往復すれば、ざわめきが腹の中で大きくなった。

「あ、あ……待って……」

「待てない。ほら、もっと脚を開いて」

誘惑の声が甘すぎて、逆らうことは不可能だった。ぼんやりとした頭は、従順さを選ぶ。

数えきれないくらいフェリクスから与えられた快楽が体内で疼き、期待が膨れる。

リュシーは浅く呼吸を繰り返し、自らの踵を左右に滑らせた。内腿に置かれていた彼の指が、再度ゆっくりと移動し始める。

脚の付け根へ向かって上昇し、下生えを掠め、ひくつく陰唇へ。

先刻軽く弄られただけなのに、そこはもう蕩け始めていた。

「んッ」

この部屋で淫蕩な行為をしてはいけないと諭す理性は、次第に声が小さくなっている。代わりに大きくなるのは、ふしだらな欲望。

貪欲なそれは、あらゆる思考を取り込んでリュシー自身も丸呑《まるの》みにしてしまった。

——せめて声を我慢しなくては……っ
いくら室内で何が行われているか使用人たちに筒抜けでも、だからと言って平気でいられるわけではない。こちらにも羞恥心がある。

どうか物音が外へ漏れませんようにと祈りながら、リュシーは全力で口を閉ざした。それでも、喉奥の呻きはどうしようもない。言葉にならない嬌声を完全に噛み殺せるはずはなかった。

男の長い指に蜜道を探られ、爛《ただ》れた粘膜を虐《いじ》められる。中で指を曲げられると刺激が変わり、内側を広げる動きが堪らない。それでいてもどかしい物足りなさが助長された。

「……っ、ん、ふぅうッ、んんっ」

縛られたリュシーの両手が頭上でソファを引っ掻く。立てた膝の間にフェリクスがいて、身を捩るのもままならない。不自由な体勢で愛撫されると、快楽を逃せないからか普段以上に感じてしまった。

「顔を真っ赤にして、可愛いな」

リュシーが薄目を開ければ、涙で滲んだ視界に彼がいる。うっとりと微笑みつつ、獰猛《どうもう》な眼差しでこちらを凝視していた。

「んん……ッ」

どうしてか、その視線で愉悦が高まる。体内が収縮し、蜜壺に収められたフェリクスの指を締めつけずにいられなかった。

「くぁッ……ぁ、ああっ」

リュシーの腹が波打つのに合わせ、彼が二本の指をバラバラに動かす。しかも同時に花芯を捏ねられて、たちまち絶頂に押し上げられた。

「うく……ッ、ん、ぅうう……ッ」

仰《の》け反《ぞ》ったリュシーの背中がソファの座面から浮いた。靴を履いたままの爪先が淫靡に丸まる。無作法にもローテーブルを蹴ってしまったが、そんなことを気にかける余裕はなかった。

——気持ち、いい……

限界まで耐えたからか、息が苦しい。けれど破裂するのに似た解放感があった。

だらしなく開いたままの膝を閉じる気力もなく、リュシーは忙しく胸を上下させる。汗の珠《たま》が乳房の間を伝い落ち、赤く色づき尖《とが》った頂がこの上なく淫靡だ。

これでは濡れそぼった花弁は、もっとふしだらさを極めているに違いない。

自分から見えないことが救いだと思った刹那、フェリクスが下衣を寛《くつろ》げリュシーに覆い被さってきた。

「あ……」

ぬかるんだ媚肉に剛直の先端が当てられる。

大した抵抗感もなく肉槍が淫路を進み、最奥に到達するのはあっという間だった。

「……は、君の中は、すっかり僕の形に馴染んだね」

詰めていた息を吐き出し、色香を垂れ流した彼が前髪を掻き上げる。その姿があまりにも官能的で、リュシーは息を乱さずにいられなかった。

「——……っ、急に締めつけるなんて、ひどいな」

下腹に力が籠ったせいで、腹の中にいるフェリクスの楔に濡れ襞が絡みついた。ただでさえ逞しい昂ぶりが、より硬度と角度を増す。

猛々《たけだけ》しく漲って、まだ動いていないにも拘《かかわ》らず、リュシーの隘路を摩擦した。

「ぁ、あ……ッ」

二人の腰は隙間なく重なっている。当初は彼の全てを呑み込むのは骨が折れたけれど、今ではみっちり埋め尽くされても苦しさは微塵もなかった。

ただただ気持ちがいい。息をするだけで愉悦が立ち昇る。

特に奥を穿たれたまま腰を回されるのが堪らなかった。

「ひ……ぁ、あッ」

「……っ、流石にここでは思うように動けないな」

独り言ちたフェリクスに抱えられ、リュシーは抱き起された。突然変わった視界に目を見開けば、下ろされたのはソファに座った彼の上。

向き合う形で、フェリクスの脚に跨《また》がっていた。

「……っ？」

これまで、こんな体勢で繋がったことはない。夫婦の秘め事は、ある意味規則正しく闇でのみ行われてきた。リュシーはそれを当たり前だと思っていたし、不満なんて当然ない。

だからこそ今日の行為は衝撃的で、驚きの連続だった。

「フェリクス様、こんな……っ」

「そろそろ君も慣れてきただろう？　だからたまには変わったことに挑戦してみるのも悪くない」

まるでこれまでは初心者のリュシーを気遣って、教科書通りを心がけてきたと言わんばかりだ。だが実際その考えは、過ちでもないのかもしれなかった。

「や……！」

丁度彼の顔の前に晒された胸の飾りに、フェリクスが齧りつく。

痛みを感じる強さで歯を立てられてはいないが、下手に動けば傷つけられそうでリュシーは硬直した。彼は強張ったこちらの表情にチラリと視線をやり、今度は先頂を舌で擽ってくる。全てリュシーを見つめたまま。

絶対に目を逸らすなと言いたげな眼差しに逆らえるはずもない。

リュシーが縛られたままの手の置きどころに迷っていると、フェリクスの首の後ろに導かれた。

女の腕で作った輪は狭い。おかげで彼との距離がぐっと狭まる。今やリュシー自らフェリクスに乳房を押しつけているのも同然の密着度だった。

「ふぅ、ぁ、あ……ゃ、駄目……ァあッ」

「声、大きくなってきたけれどもう気にしないのか？」

自重で深々と貫かれ、緩慢に揺らされるだけでも絶大な快感になる。そんな状態で乳首まで責められては、声を全て堪えるのは難しいに決まっていた。

だが彼は揶揄《やゆ》する声音で囁き、おそらくわざとリュシーの羞恥を煽ってくる。悪辣な笑みが、

その証拠だった。

「意地悪……っ」

「そんな気はない。リュシーに気持ちよくなってほしいだけだ」

「んんっ、ァ、んッ」

尻を掴まれ上下の動きも加わると、余計に声の我慢は困難になった。

いくら唇を引き結び、歯を食いしばっても、あらゆる隙間から愉悦が漏れ出てしまう。それどころか、耐えなくてはと考えるほど荒ぶる法悦が蓄積していった。

スカートで隠された下半身で淫猥な水音が籠っている。布で隔たれていても聞こえてくる淫音が、リュシーの得ている快感のすさまじさを物語っていた。

「ぅあッ、ひぃ……っ、ぁ、ああッ」

身体が弾む度、喜悦の悲鳴が押し出される。段々声が大きくなっているのは、自分でも分かっていた。だがどうにもできず髪を振り乱すだけ。せっかくメイドたちが整えてくれたのに、今やリュシーの髪型は見る影もなかった。

「ああ……んゥッ、ぁ、待って、激しい……っ」

「今更？　途中でやめたら、君も辛いんじゃないか？」

「ぁ、あ、ァあッ」

張り詰めた剛直で熟れ切った蜜壺を掻き毟《むし》られ、リュシーの太腿がブルブル震えた。とっくに自力で身体を支えることはできなくなっている。

虚脱した太腿は役立たずで、フェリクスにどっしりと体重を預けていた。つまり容赦なく子宮を穿たれ、楔の先端で弱い部分を捏《こ》ね回される。

極彩色の快楽は、猛毒と同義。摂取し続ければ、身体と心が犯されてしまう。嵐に似た逸楽の坩堝《るつぼ》で、リュシーは四肢を戦慄かせた。

――もう我慢できない……っ
「イ……っ」

嬌声を迸らせそうになった瞬間、だらしなく開いた唇は彼の口づけで塞がれた。

一際強い打擲がリュシーの身体を貫く。脳天に響く愉悦に全てが塗り潰され、リュシーは腹の奥を熱液で叩かれる感覚に、絶頂の階段を上らせられた。

「む、ゥうう……ッ」

ぎゅうぎゅうに抱きしめられて、身じろぎも叶わない。リュシーの胸はフェリクスに潰され、形を変えている。

繋がった場所はひくつきながら、彼の子種を大喜びで呑み下していった。

――お腹《なか》の中……熱い……

この頻度で抱き合えば、遠からず自分は子を孕むかもしれない。どうやらフェリクスは愛人ではなく一応本妻のリュシーに跡取りを産ませるつもりらしい。

政略結婚で妻だけを見つめる男は、正直少ない。貴族社会は正式な後継者さえ設ければ、あとはご自由にというのが罷《まか》り通《とお》っている世界だ。

——まずは私との間に子どもを作り、義務を果たした後に好き勝手やるつもりかしら……あり得るわ。フェリクス様が先に愛人を孕ませたら、お父様だって黙ってはいらっしゃらないものね。

未だ拭えない不信感がリュシーに疑念の種を植え付ける。どうしても刈り取れない疑いは、彼を信じたい気持ちの裏返しでもあった。

「……リュシー、——している……」

整わない息の下で吐かれた声はあまりにも小さく、こちらの耳に届かなかった。フェリクス自身、本気で告げるつもりがないのだろう。

リュシーが視線で問い直しても、どこか歪《いびつ》な笑みを返されただけだった。

「……まだ、僕にはそんな権利がないな……」

伝える気のない独り言が囁かれたのを最後に、リュシーは意識を手放した。

◇◇◇◇◇

『そういうの、とっても格好悪いと思います。一人を大勢で取り囲んで……恥ずかしくありませんか』

幼い少女の声は怯《おび》えを滲ませながらもよく通った。

薄暗い小屋の中。庭園の掃除道具などが置かれている簡素な建物にある人影は五人。

一人は扉を開け、言葉を発した少女自身。それから壁際に突き飛ばされた五つほど年嵩《としかさ》の少年と、それを取り囲む同年代の少年たちだった。

『何だ、このチビ』

『ロイの妹か？　あっち行ってろ。ガキには関係ねぇよ』

嘲笑う少年自身まだまだ子どもだったが、顔立ちには既に捻《ひね》くれた根性が滲んでいた。身なりは明らかに貴族の子息で、高級品を身に着けているにも拘らず。

『……お兄様のご友人ではありませんの？　今日はお父様の仕事関係の方々が年齢の近い子どもを交流させるため同行させていると聞きましたが。――この件を他の方はご存じなのかしら？　ロイお兄様や貴方たちのご両親は勿論、フェリクス様を可愛がっている私のお父様は』

まだ十歳程度にしては、落ち着き払い理路整然と話す少女に、先刻までフェリクスを甚振る興奮にニヤついていた少年たちはたじろいだ。

今日のフェリクスはいつものように友人であるロイに誘われメクレンブルク子爵邸に訪れていたのだが、運が悪かったとしか言えない。

以前からフェリクスに一方的な敵対心を持つ少年たちが、たまたま親に連れられて来ていたためだ。しかもロイが離れた隙を見計らい、強引にこの小屋へ連れ込まれた。

大方、普段は勉強でも運動でも芸術面でも容姿でもフェリクスに叶わない鬱憤《うっぷん》を晴らすつもりであるらしい。

客として訪れている他家で。親の仕事関係者が親しくしている相手に。

何とも浅慮と言う他ない。フェリクスが呆《あき》れ気味に、どうやって最低限の被害でこの場を切り抜けるか思案していたところ、リュシーが乱入してきた次第だった。

――こいつらは後先を考えていない。下手をしたら彼女にも危害を加えかねない阿呆《あほう》だ。

どうにかしてリュシーだけでも無事に逃がさねば。

毅然《きぜん》として見えるものの、少女が怯えているのは明らかだった。

それはそうだろう。相手は彼女より五つも年上で体格がいい男ばかりだ。怖くないはずがない。腕力の差は歴然。それなのに、果敢にもフェリクスを助けようと駆けつけたのか。

――ロイが妹は正義感の塊だって言っていたけど、これは無謀でしかない。

案の定、一度は気圧された少年たちは、再び嫌な笑みを口元に浮かべた。

『お前が黙っていれば問題ない』

『そ、そうだ。チクッたらただじゃおかないぞ』

『……むしろ言えないようにすればいい。ガキだが、顔立ちは悪くないぞ』

おぞましい台詞にリュシーが肩を震わせる。彼女の踵が僅かに後退《あとずさ》りかけたが、それでも勝気な瞳で少年らを睨みつけた。

『それ以上近寄ったら、大声出します。お兄様は地獄耳ですから、絶対に聞きつけてくるわ』

その双眸のまっすぐな光と強さに、フェリクスは一瞬目を奪われた。

――何て綺麗な……

本来なら、この状況で挑発するなど愚の骨頂。しかし卑怯《ひきょう》者どもにおもねるリュシーの姿は想像もできなかった。

小さな淑女は計算などせず、己が正しいと思ったことを実践している。その誇り高さに見惚れたのかもしれなかった。

穏便に済ませるため、取り囲む少年たちにいっそ謝るか、軽く数発殴られるつもりだったフェリクスは、己の後ろ向きさを恥じ入る。

自分よりずっと年下の少女が胸を張って堂々と悪事を正そうとしているのに、フェリクスはこの場の面倒事を回避さえすればいいと後ろ向きだった。

急に己が矮小《わいしょう》なものに感じられ、少年たちがしょっちゅう言ってくる『貧乏な没落貴族のくせに分を弁えろ』が知らぬ間に自身にも刻み込まれていた事実に思い至った。

――僕はいつの間にか卑屈さに慣れていた……?

彼らの根拠がない悪罵《あくば》を心のどこかが受け入れてしまっていたのでは。下手に抗うよりも、その場その場をやり過ごせばいいと。

――みっともない。格好悪いのは、僕も同じだ……

フェリクスが黙って蹲《うずくま》っていれば少年たちの加虐心は満たされるかもしれない。しかし結果図に乗らせるだけで、何一つ解決しないのは明らかだった。

それどころか、リュシーにまで被害が及んだら、フェリクスは絶対に自分自身を許せなくなると思う。

『……リュシー、僕らは話しをしていただけだから心配しないで。君は部屋に戻りなさい』

『フェリクス様、でも……！』

到底納得していない彼女に微笑みかけ、安心させようと試みた。

とにかくリュシーさえ外に逃がせば、後はどうにかなる。本当は問題を大きくしたくなかったが、フェリクスは腕っぷしでも少年たちに負けるつもりはなかった。

彼らは口こそ達者だが、本気の取っ組み合いなどしたことはほとんどないに違いない。命の危機に瀕したことも――

――多少怪我《けが》はするだろうし、後から訴えられるのが面倒だったから避けたかったけど……彼らの言うように『言えないようにすればいい』か。

覚悟は決まった。もうこれまでのようにやられっ放しではいない。ならばフェリクスが選ぶ道は一つ。

――誇り高いリュシーに格好悪いとは思われたくない。

『馬鹿だな、逃がすわけないだろ！』

少年の一人がリュシーに向き直った瞬間、フェリクスは彼の脚を横に払った。受け身もろくに取れず無様に転がった少年は肘を強《したた》かに打ったらしく、ひぃひぃ呻いている。

『お、おいっ、こんなことしてどうなるか分かっているんだろうな』

『……勝手に転んだことまで、僕のせいにされても困るな』

——さて、もうあとには引けない。

フェリクスの両目が剣呑な光を帯びる。空気が変わったのを敏感に感じ取ったのか、他の少年たちが顔を引き攣らせた。

『な、何だよ……』

『彼、骨が折れたかもね。まぁ腕くらいならいずれ治るだろうけど……でも人体には損なわれると取り戻せない機能もあるから、気を付けた方がいい。足を滑らせて転んだだけで、一生を棒に振りたくはないだろう？』

どんなに頭が悪くても、本能で身の危険は感じ取れたようだ。

少年らは顔色をなくし、互いの顔を見合った。これまでは無抵抗だったフェリクスの雰囲気が一変し、戸惑っているのが明白。

そして次の瞬間には、少年たちはリュシーを突き飛ばして小屋から逃げ出した。

あっけない幕切れに唖然としたのは言うまでもない。まさかここまで彼らが情けないとは思わなかった。

――何だ。だったらもっと早くやり返せばよかったな……

『リュシー、大丈夫？』

『わ、私は平気です……』

フェリクスは呆然としている少女に駆け寄って、強張った顔を覗き込んだ。すると彼女は僅かに口角を上げ――次の瞬間、大粒の涙を流した。

『……フェ、フェリクス様がご無事でよかったです……っ』

『心配してくれてありがとう。でもこんな無茶な真似はしてはいけない。君を危険に晒すのは、僕が嫌だ』

『でもフェリクス様を侮辱されたら黙っていられません。だいたい彼らは家や親の力にぶら下がっているだけです。何の権利があって努力家のフェリクス様を見下すのですか……！』

さっきまで毅然としていたリュシーが顔を真っ赤にし、泣いている。その姿にこの上なく胸が締めつけられた。

――しっかり者に見えて、脆《もろ》くて可愛いな……眩しいくらい素直だ。それに家柄で人を差別もしない公平な子だな……

守ってあげたい。一見強く見えても、本当はか弱いのだと思うと庇護欲がそそられた。

――僕に妹がいたらこんな感じかな？　リュシーみたいな妹がいるロイが羨ましい。

これまで友人を羨んだことはなかった。それが初めて抱いた羨望は、リュシーに関すること だったのは、フェリクスだけの秘密だ。そして『妹』だと認識していた少女を、瞬く間に『一人の女性』として意識するようになったことも。

――……懐かしい……これは昔の夢か。

夢の中から現実に浮上する。瞼を押し上げたフェリクスは、ベッドの中愛しい新妻を腕に抱いている『現在』に意識が戻った。

過去については、思い出したくないことが多い。それでもいい思い出もある。その全てに、リュシーが存在していた。

「……もしこれが夢なら……永遠に覚めたくないな」

夜明けまでにはまだ早い。

もう一度彼女の夢を見たくて、フェリクスはリュシーを抱き寄せて目を閉じた。

◇◇◇◇◇

リュシーがアランソン伯爵家に嫁いで三か月。

すっかりここでの生活にも慣れてきた。当初は望まぬ引き籠り生活を送っていたけれど、最近は朝定時に起きられるようになり、体力もついたのか邸内の管理を担っている。

女主人として、それなりに使用人とも上手くやっているつもりだ。特に反抗的な態度を見せる者もなく、順調だと言えるだろう。信頼関係は着実に築けていた。

何より、日々疲労困憊だったリュシーの窮状を見かね、メイドがフェリクスに進言してくれたのが大きい。

リュシー付きの一人が『若奥様の体調を考慮してください』と彼に注意してくれたのだ。

これにはリュシーも内心感激した。

てっきり社交界での評判も芳しくなく、だらけた若奥様と小馬鹿にされていると思っていたのに、メイドたちはリュシーを主としてきちんと敬《うやま》ってくれていたのだ。

それだけでなく、とても気遣ってくれていると知れて、心の距離がグッと近づいたのは確かだった。

――アランソン伯爵家では上下関係がはっきりしていて、メイドの立場で主に意見するのは勇気がいっただろうに……ありがたいな。

それまでは馬鹿にされてなるものかとリュシー自身、肩肘を張っていた。

慣れ親しんだ使用人をメクレンブルク子爵家から連れてくる必要はないと言われていたため、気心が知れたメイドが周囲におらず、知らないうちに刺々《とげとげ》しくなっていた気もする。

周りは敵だらけ――と思い込み、善意をありがたく受け入れられる下地ができていなかった。

だがメイドがフェリクスを諫めてくれた一件以来、ここにも味方がいるのだと強く感じられ、心がかなり落ち着いた。

――それに……フェリクス様との関係も若干改善した……気もしなくはない。少なくとも、抱き潰される事態はなくなった。毎夜毎晩求められ、疲れ切って朝日を拝まない生活とはおさらばできたのだから、万々歳だ。

やはり人間は夜明けとともに起き、夜は眠らなければ健康が保たれない。心の安寧のためにも、規則正しい生活が不可欠だった。

――健全な心は健康な身体に宿るのよ。お父様がよくおっしゃっていたわ。寝不足と疲労でフラフラでは、頭だって働かなくなって当たり前よね。冷静な判断力だって失われるわ。

フェリクスの不可解な行動に悩まされたのも、リュシーが不調だったのが大きな要因かもしれない。よく食べよく眠れば、狭まっていた視野も広がった。

――グダグダ考えるのは、私の性に合わないわ。ひとまず状況を整理しましょう。

「若奥様、こちらがお茶会の招待状、そしてこちらが夜会の招待状でございます」

「ありがとう。確認するわね」

家令を務めるデイビスに手渡された手紙の束へ目を通しながら、リュシーは頭の中で別のことを考えていた。

ここはリュシー専用の書斎だ。毎日この部屋で予算表を確認したり、使用人たちについての報告を受け、季節ごとの催しを考えたりする。

家令や家政婦に任せっきりにする女主人もいなくはないが、リュシーは自分のやるべきことはきちんとこなしておきたい性格だった。

——私たちの生活を支えてくれる使用人に余計な負担をかけたくないし、義務を果たすからこそこの地位を守れるのだもの。怠ける方がおかしいわ。

とは言え今は、渡された招待状を眺める振りをして、頭の中はフェリクスの攻略法で頭がいっぱいだった。

——近頃ますますフェリクス様の思惑が不明なのだけど、いったいあの方はどういう了見なのかしら……

結婚生活三か月を経て、実はメクレンブルク子爵家からアランソン伯爵家へ援助らしい援助はされていないことが分かった。何せリュシー自身が支出表を見ているのだから、それは確かだ。

もっとも、邸内での予算として割り振られている部分に関してしか把握できないので、全体の入出金を関知しているわけではない。領地からの収入や、フェリクス自身の事業がどれだけの収益を上げているか正確には知る術《すべ》がなく、そこは推測で埋めた。

それでも不審がられない程度に家令から資料を見せてもらい、父から定期的な送金がされていないことは事実だ。

もしそういったことがなされていれば、相応の『礼』を返さないことが不自然だし、仮に返礼品を選ぶならリュシーが全く与《あずか》り知らぬとは思えなかった。

――両親が喜ぶものを娘の私に聞かないなんておかしいもの。

だとしたら、本当にいったい何のためにこの婚姻が果たされたのか。月日が経つほど謎が深まってゆく。

――うぅん、分からない！　そもそも私、人の言葉の裏をかいたり、隠された真意を探ったりするのが苦手なのよ。全部額面通りに受け取ってしまうから……

リュシーは無意識に、深々と溜め息を吐き出した。

「若奥様、何か問題がございましたか？」

「え？　ぁ、いいえ。ちょっと喉が渇いたなと考えていただけよ」

「さようでございましたか。ではすぐに茶をご用意いたしましょう」

リュシーの方便を信じたデイビスが、控えていたメイドに茶の準備を命じる。恭しく菓子と茶器が運ばれてくるまでに、さほど時間はかからなかった。

素早く並べられたのは、リュシーが秘《ひそ》かに気に入っているティーカップに、大好きな香り高い茶。そしてこの屋敷で食べて以来好物になった焼き菓子だった。

――口に出したことはないのに、私の好みを完璧に把握している。本当にアランソン伯爵家で働く者たちは優秀よね……メクレンブルク子爵家の使用人だって不真面目ではなかったけれど、ここまでではなかったと思うわ。どちらかと言えばのんびり気質で、さほど主従関係が厳しくなかったし……細かいことは気にしない家風だったせいかしら。

以前母が、主の気質にそこで働く者は染まるのだと語っていたことを思い出す。ならばおっとりした母と、大雑把なところがある父の雰囲気が屋敷内の空気を決定づけていたのかもしれない。

――そう考えると、私にきめ細やかな配慮をしてくれ、敬い気遣ってくれる使用人たちの規範になっているのは、フェリクス様ということになるけど……まさか、そんな……ねぇ？　だけど困窮していた時代から長年勤めているデイビスも、私を決して軽んじはしないのよね……初老の家令はとっつきやすい人ではないが、質問すれば丁寧に教えてくれる。まだ年若く頼りない女主人でも、きちんと主従の線引きをし、それでいて支えてくれているのだ。

――偶然立ち聞いてしまったさっきだって……

二時間ほど前。リュシーは最近朝の日課にしている散歩で庭園に向かう途中、とある部屋の前を通りかかった。その際、中から男性二人の声が漏れ聞こえたのだ。

『フェリクス様、僭越《せんえつ》ながら〝引く〟ことを覚えた方がいいと思います』

寡黙なデイビスには珍しい普段よりも強めの語調に驚いて、リュシーの脚が思わず止まった。するとと間髪入れずフェリクスの声が聞こえ、尚更立ち去りがたくなる。

無意識に自らの気配を殺し、息を詰めて耳を澄ませた。

『情熱的なのは悪いことではないと思うが』

『それは互いが憎からず感じている場合の話です。勢いが段違いなら、相手に合わせるのが定石です』

『合わせていては、リュシーの心をいつまで経っても開けない』

唐突に自分の名前が出てきて、リュシーが扉に張り付いたのは言うまでもない。同行していたメイドたちは目を丸くしていたけれど、主人の行動を強引に止めようとはしてこなかった。

『だからと言って、グイグイ距離を詰めれば、逃げたくなるのが人情です。たまには余裕を持ち、若奥様の歩みに配慮してください。でないともっと心の壁を築かれますよ』

『……それは困る』

『それではご自分の都合のみを押しつけるのはおやめくださいませ。くれぐれも足並みを揃えるのです、押して駄目なら引いてみろです』

『……分かった』

リュシーの前では常に『大人』であるフェリクスが、デイビスの前では簡単に言い負かされているのが新鮮だった。しかも会話の主題はどう考えてもリュシーだ。

自分の勘違いでないのなら、『リュシーの心を開きたくてフェリクスが怒涛《どとう》の勢いで迫っているのを、デイビスにちょっと落ち着けと諭されている』場面に聞こえる。

そんな馬鹿なと己の妄想を打ち消そうとしても、一度生まれた考えを完全に消し去ることはできなかった。

――あのやり取り……フェリクス様は私を利用したいのではなく、本気で親しくなろうとしているって解釈したら、これまでのことも納得できるけど……いやいや、ないわ……やっぱり納得できない。

流石にいつまでも扉の前で盗み聞きしているわけにはいかず、結局リュシーは後ろ髪を引かれる思いで、その場を離れた。

だが庭園の散策から書斎に移動した今までずっと気になりっ放しである。色々としっくりこない。

蟠《わだかま》りの原因は、やはり手酷く振られた夜会の記憶のせいだ。あの時の胸の痛みが未だ癒えていないから、リュシーは同じところに蹲《うずくま》り動けずにいるのかもしれなかった。

――我ながら執念深い。過去に囚《とら》われているのは、私がしつこいせい？　今まで気づかなかったけど粘着質なのかしら、私……

このままでは自己嫌悪に溺れそうで、リュシーは一旦フェリクスに関して考えることを休止した。

「そうだわ、デイビス。一つ確認したいことがあるのだけど……お義父《とう》様は今度いつこちらにいらっしゃるのかしら」

リュシーの義父――フェリクスの父親にして現アランソン伯爵家当主だ。

彼とは結婚式の日以来会っていない。病を得てから体調が思わしくない日が多く、この数年は王都の屋敷ではなく専ら領地で療養している。

　息子の結婚式には出席してくれたものの、その後はまた空気のいい地方へと戻ってしまっていた。

　――当主としての仕事はフェリクス様が数年前から担っていて、問題はないようだけど……私だって義理であっても娘になったのだし、お義父様のお身体が心配だわ。生来、あまり健康な方ではないなら、尚更よ。

　息子であるフェリクスだって、離れて暮らす父のことは気がかりだろう。フェリクス自身に色々思うところはあっても、それとこれは別としてリュシーは気を揉まずにいられなかった。

「私、ほとんどお話することもできず、娘として孝行する機会も得られなかったわ。次回お目にかかれた際には、きちんとしたいのよ。だからいつお会いできるのか、知りたいの。ねぇ、次のご予定は決まっているの？」

「伯爵様は、近年社交シーズンでも滅多《めった》に王都にはいらっしゃいません。全てフェリクス様に委ねておられます。当分こちらへ訪れる予定はございません」

「そうなの……」

　だとしたら、しばらく面会の機会には恵まれなさそうだ。何なら年単位で叶わないかもしれない。それこそリュシーの方から出向かなければ難しいと想像できた。

　――でも……フェリクス様はお忙しくて、何年も領地には戻っていらっしゃらないのよね。

家族が同じ部屋で過ごすのが普通だと思い暮らしてきたリュシーにとっては、親と長い期間会えない事態は切なかった。寂しくも感じ、つい物思いに耽る。

——ひょっとして、フェリクス様とお義父様との間には確執があるのかしら？　ちらっとお二人の様子を見た限り、いがみ合っているとは思えなかったけど……よく考えたら、健康を崩した父親と滅多に会わない息子って、少し変ね。

結婚以来色々なことが怒涛の勢いで起きて、リュシーは自分以外のことにまで気が回らなかった。しかし最近は心と時間に余裕ができ、これまで見えなかったことに気付ける頻度が増えている。おかげでフェリクスと義父の微妙な距離感にも、ようやく思い至った。

「……デイビス、フェリクス様のお母様は十三年前に亡くなられたのよね？」

「はい。奥様の墓所が領地にあるので、伯爵様は離れ難いのだと思います」

「え？　ではフェリクス様はお母様のお墓にずっと花を手向けていらっしゃらないの？」

夫が妻の眠る地を離れたくないのなら、おそらく夫婦仲は良好だったはずだ。母を蔑ろにされたことを理由に父親と距離ができたわけではあるまい。にも拘らず領地に戻る父と別行動し続け、母の墓前に足を運ばない息子は、随分不可解だった。

「私と結婚する前から長らく、フェリクス様は王都を離れていないと思うけど……昔からご両親と上手くいっていなかったの？」

リュシーの常識では考えられず、目を丸くする。そんな疑問がリュシーの表情に現れていたのだろう。優秀な家令が、低く声を忍ばせた。

「……領地内にはグスタフ様もいらっしゃるので、伯爵様は目を離すのが躊躇《ためら》われるのではないでしょうか」

「グスタフ……」

馴染みのない名前にリュシーは瞳を瞬いた。数秒かけ、やっとそれが誰かを思い出す。

「フェリクス様のお兄様？」

つまり、リュシーにとっては義兄だ。だが一度も顔を見たことがないどころか、名前すら忘却の彼方《かなた》に飛んでいた。

何故なら、それはアランソン伯爵家で禁忌とも言える存在であったから。

グスタフ・アランソン。本来なら伯爵家の後継者たる長男。年齢は三十五歳前後か。

けれど現在次期当主として父親から正式に指名されているのは、次男であるフェリクスだった。その理由は二つ。

未成年の頃からグスタフの素行は非常に悪く、度々問題を起こしたこと。

その上、実母の死後後妻になったフェリクスの母親への、殺人嫌疑が囁かれたことだった。

アランソン伯爵家へ二人目の妻として嫁いだフェリクスの母は、美しい人だったらしい。息子であるフェリクスの整った容姿は、母譲りだと聞いている。

しかし彼女は我が子が十一歳の頃、若くして亡くなった。

事件か事故か。当時の社交界が騒然としたのは当然だ。没落気味であったとはいえ、歴史ある伯爵家で巻き起こった醜聞に、人々はさぞ面白おかしく囀《さえず》ったに違いない。

事実はどうあれ、結果、更にアランソン伯爵家は『なさぬ仲の母と息子がいがみ合い、最終的には殺し合った』と下品な噂が広まり、衰退せざるを得なかったと聞く。

――だけどあの件は事故として結論が出たはず……当時私はまだ六歳でほとんど記憶にないし、お兄様とフェリクス様もご友人になる前だったせいで、正確には覚えていないけれど……

とにかく尋常ではない醜聞に塗れたグスタフは謹慎処分となり、以降表舞台に現れることはなくなった。

いつしか他者がその名を口にするのも憚《はばか》れるようになり、存在そのものが忘れ去られ、リュシーも義兄が今どこで何をしているのか考えもしなくなっていたのだ。

――領地に籠っていらっしゃったのね。当然と言えば当然かもしれないわ。貴族にとって醜聞は時に死と同じだもの……

下手に他の地で暮らさせるより、父親の監視下に置いた方がいいと判断した可能性が高い。昔から素行に問題があったとなれば、離れた場所で何をしでかすか分かったものではないからだ。

――だからフェリクス様は昔からほとんどの時間を王都で過ごされていたのね……

まだ十代前半の当時から、彼は王都のタウンハウスで暮らしていた。父親が領地に帰っても同行することなく、一人残って。

母と対立していた兄が待つ場所へは足を踏み入れたくなかったのか。詳しい経緯は謎だが、兄を父親が庇《かば》ったと考えても不思議はない状況だった。

――家族間に溝ができて当然だわ……

そんな彼をメクレンブルク子爵家に誘い、時に屋敷に泊めていたのがロイだったのだ。

――たぶん、お兄様は知っていらしたのね……

普通なら家族で過ごす記念日や祝い事。

そういった日でも、フェリクスは一人になることが多かったのが容易に想像できる。ロイは見過ごすことができず、持ち前の強引さや距離感のなさを発揮し、彼をメクレンブルク子爵家へ連れて帰っていたとしたら。

ただのお気楽なお調子者だと思っていた兄が、急に頼もしく感じられた。

しかもあからさまに同情するのではなく、普通の友人として接しているロイが誇らしくも思える。体面を気にする貴族にとって誰でもできる行動ではないだろう。

――お兄様……私、貴方を見直しました。対照的に、自分の未熟さがよく分かるわ……

今まで見ようとしていなかった真実が、胸に痛い。

幼かったリュシーには計り知れない事実が、横たわっていた。

――いいえ。私は大人になっても、ちゃんと真実を見ていたとは言えない。グスタフ様の件を、深く考えないどころか思い出しもしなかったもの。もしかしたら、他にも知らないまま勝手に思い込み決めつけている事実があるのではないの？

「……グスタフ様は現在、領地にあるアランソン伯爵邸で暮らしていらっしゃるのですか？」

「いいえ。領地内の修道院にいらっしゃいます。戒律の厳しさで有名なので、俗世と関わることは今後もありません」

「そう……」

その意味をどう解釈すべきか図りかね、リュシーは曖昧に首肯《しゅこう》した。

グスタフ自身の意思かそうでないかによって、意味は大きく変わってくる。軽々しく口出しすることもできず、言い淀《いよど》んだ。

——お義父様もフェリクス様も、グスタフ様のことを私には話さなかった。知られたくない事実なのね。私のお父様が把握していなかったとも思えないし、私の耳に入れないと決めていたのかしら……

だとしたら将来的にフェリクスが領地に戻っても、リュシーが義兄と関わることはないのかもしれない。このままあわよくば、知らないままでいてくれと望まれている気がした。

——でも、それでいいの？

沢山の事実から遠ざけられ隠されて。

肝心なことは何も知らないまま、夫の苦悩に気づかず暮らすことが、正しいのか。

――フェリクス様がメクレンブルク子爵家の援助目的で私を妻に迎えたのではないとしたら、他の思惑があったはず。だけど実際は家族内の面倒事からも守られている。

いっそ厄介な兄がいるから適当な結婚相手が見つからなくて困っていたと言われれば納得もできるのだが、そういうわけではない。

グスタフが俗世と接点を断ち修道院に身を寄せているなら、もはや『いない者』同然だ。フェリクスが正式に後継者指名されているなら、尚のこと。

フェリクスがアランソン伯爵家を立て直した手腕を鑑みて、大抵の貴族は『関わる方が利益になる』と判断するはず。父も同様だろう。

――それなら、フェリクス様が私との婚姻から得られる利益とは?

「若奥様、この件はどうかご内密に。私が話した内容は、聞き流してくださいませ」

「え、ぁ、ああ。そうね、分かっているわ」

忠誠心の高い家令はフェリクスが当主と険悪だと誤解されたくなくて、リュシーに打ち明けずにはいられなかったらしい。

けれど口を滑らせたのを、今更ながら後悔しているように見えた。

「……大丈夫よ、デイビス。貴方の心遣いは理解しているわ。きっと口止めされていたのでしょう?　でも私がフェリクス様を冷たい息子だと誤解しないよう、話してくれたのよね?　いつもよくしてくれている貴方をこんなことで悪く思わないし、フェリクス様に関しても同じよ」

「若奥様……ありがとうございます。私のことまで気遣ってくださって……」

深く頭を下げた壮年の男に、リュシーは慌てて両手を振った。

「そんなお礼を言われるほどのことではないわ。私、デイビスにとても感謝しているもの。アランソン伯爵家で働いている他の者たちにもね。私が心地よく過ごせるようずっと配慮してくれていたでしょう？　正直、家格から言えばメクレンブルク子爵家は格下だから、快く思わない者もいると思っていたのよ。だけど皆優しくて私を立ててくれたもの」

心からそう告げれば、家令はホッとしたように顔を綻ばせた。

「当家にいらしてくださったのが若奥様のような聡明で利発な方で、安心いたしました」

「お、大袈裟ね」

これまで家族以外にあまりよく言われたことがないので、リュシーは大いに照れた。世辞だとしても嬉しい。何だか本当の意味で、アランソン伯爵家の一員になれた気がした。

——グスタフ様の件は秘密にされていたけど、除《の》け者にされていたわけではないのよね。

デイビスが語らなければ今なお知らないままだったことでも、これがきっかけで、リュシーは新たな事実に触れられた。おかげで視野が少し広がった気もする。

——……フェリクス様と、きちんと向き合ってみようかしら……

以前、執務室へ行った際は、結局淫靡な空気に流されろくな会話はできなかったが、試してみる価値はある。もう一度落ち着いて話ができる空気に持ち込み、リュシーの胸の内を曝け出せたら、彼も本音を明かしてくれるのではないか。

――どうせ一人でグルグル考えても、答えなんて出ない。私は、本当のことが知りたい。

何故リュシーとの婚姻を受け入れたのか。かつてあんなにもひどい言葉でリュシーを傷つけたのに、どうして今は打って変わって優しいのか。

物静かで親切だった少年。紳士的で誠実だった青年。突然掌を返し露悪的になった憧れの人。そして妻を溺愛していると言っても過言ではない夫の姿。いったいどれが本物のフェリクスなのか。

確かめたい気持ちが、リュシーの内側で破裂しそうなほど大きくなっていった。

4　幸せな時間

爽やかな青空がどこまでも続く晴天。

白い雲がゆったりと流れ、心地いい気温は動くと軽く汗ばむ程度だ。

時折吹くそよ風が気持ちよく通り抜け、リュシーは日傘の陰でホッと息を吐いた。

「緑が目に優しく、とても綺麗ですね」

「ああ。僕はこの時期が一番好きだ」

隣には、陽光よりも眩しく笑うフェリクスがいる。

夫と話をしようと心を固めた日の夜。どう切り出そうか悩むリュシーに、彼の方から苦笑交じりの言葉をかけられた。曰《いわ》く、『デイビスから、何か聞いた？』と。

――あれは焦ったわ。主に口止めされていた内容を勝手に話したと分かれば、デイビスが罰せられてしまうかもしれないもの。

しかしフェリクスの質問はリュシーが身構えた方向性とは少し違っていた。彼は家令からされた助言『引く』ことを実践しようとしていたのだ。

そこで『次の休みに、二人でどこかへ出かけないか』と誘われた次第である。

結婚前も以降も初めての申し出に、リュシーは大いに驚いた。考えてみれば、二人きりで外出したことなんてない。

夜会や挨拶回りは仕事の一環なので物の数に入れるつもりはなく、自分たちに夫婦らしい逢瀬は無縁のものと心のどこかで思っていた。そもそも実際そういう事態になれば、気まずいことが容易に想像できる。

だが考えて見れば好都合。二人きりなら、話す時間はたっぷりあるだろう。屋敷の中では言い出しにくいことだって、さりげなく口にできるかもしれない。

そんな期待を抱き、リュシーは喜んで誘いに応じた。

そうして今日、王都にある美しいと評判の丘へフェリクスとやってきたのだ。

「……だけど何故お兄様もここにいらっしゃるのですか?」

「そんな冷たい目で兄を見るものじゃないぞ、リュシー」

てっきり夫婦水入らずと思っていたし、実際直前まで二人だけだったのに、どうしてか現在邪魔者が増えている。

リュシーの兄、ロイである。

兄は天真爛漫《てんしんらんまん》な笑顔で、気持ちよさげに伸びをした。

「俺も今日、丁度休みで久しぶりにフェリクスと飲もうと思ったら、出かけるところだって言うからさ。嫁いだ妹の様子も気になるし、参加しようと思ったんだよ」

「……連絡もなく押しかけるのは友人であっても礼儀がなっていませんし、朝から飲もうとは自堕落を極めています。妹が気になるとおっしゃいながらオマケ感が強いのも如何《いかが》なものでしょう。最も問題なのは、こちらの了承を得ず外出先まで勝手についてくるとはどういう了見でしょうか？」

「おお、リュシーの正論全開な小言を聞くのは久し振りだな。なんだか懐かしい」

妹に叱られ、反省するどころか喜ぶ兄に頭が痛くなってくる。

数日前に見直したことも忘れ、リュシーは深々と嘆息した。

「……お兄様も全っ然お変わりなくて、何よりです」

勿論嫌味《いやみ》だ。けれど欠片も通じた様子のないロイは「俺はいつも絶好調だ」と的外れな返事をしてきた。

――やっぱり、お兄様と話すと疲れるわ……。

「ふふ、君たち兄妹は本当に仲がいいな。羨ましい。この辺りで休憩しよう」

大木の下に三人揃って腰を下ろし、遠く開けた景色を眺める。リュシーのドレスが汚れないようにと、フェリクスが敷布を用意してくれていた。

ちなみに兄が「俺の分は？」と宣っていたが、リュシーもフェリクスも華麗に無視を決め込んだ。結局、男二人は直接草の上に座っている。

リュシーはフェリクスにほんの一瞬『一緒に座りましょう』と言いかけたが、ロイがいたことで、その台詞が声になることはなかった。

——だけど、お兄様が乱入してきて救われた面もあるわ。フェリクス様と会話すると決めても、いきなり夫婦二人きりは抵抗がある。お兄様がいればひとまず沈黙を持て余すことはないものね……

ロイは放っておいても一人で喋り続ける男だ。煩く感じることもしばしばだが、寡黙なフェリクスには丁度いいのか、彼らの間には気を許した様子が見て取れた。

二人が笑顔で語らっている姿は、見ていると心が安らぐ。そういえば自分は、昔から兄とフェリクスがふざけ合っている空気感が大好きだったことを思い出した。

「——それで？　リュシーは上手くやっているのか？」

「当然だ。彼女のおかげで、屋敷の空気もよくなっている。僕はこの上なく幸せだよ」

「口喧《くちやかま》しく注意して、使用人と溝ができていないか？　リュシーは我が妹ながら、妥協ができない性格だからな……疚《やま》しさを抱えていたり、小狡《こずる》かったりする奴《やつ》とは衝突しがちになるんだ」

「大丈夫だ。とても上手く関係を築いている。リュシーは慣れない場所で気苦労があるだろうが、感情的に当たり散らすことはないし、全員に公平で、理不尽な真似は絶対しない。だから使用人たちから慕われている」

キッパリと言い切ったフェリクスに、リュシーは瞠目《どうもく》した。

——そんなふうに思ってくださっていたの……？

驚いた。それによく見てくれていると感じる。

リュシーが唖然としフェリクスに目をやると、彼は真剣な面持ちでロイと向かい合っていた。

「へぇ、妹のことちゃんと分ってくれているんだな」

「……お前より——この世の誰より理解したいと思っている。リュシーが傍にいてくれれば、それだけでもう僕は幸せになれるんだ」

「ふぅん？　それが聞けただけでも、今日は大収穫だ。俺は妹の幸福は勿論、お前の幸せだって願っているからな」

快活に笑いながら、兄はごろりと横になった。

「お、お兄様、みっともないわ。それに服が汚れてしまいます」

「汚れたら洗えばいい。それに土が乾いているから、払えば問題ない。ほら、雲が綺麗だぞ。見ないのは損だ」

細かいことは気にするなと言って、仰向けで天を仰ぐロイは、見ていて冷や冷やするほど自由だ。更にはフェリクスを強引に引っ張り、彼も草の上に転がしてしまった。

「な？　最高だろ」

「まったくお前は……だけど空がこんなに高いことを、久し振りに思い出した」

苦笑するフェリクスに「いいものを見せた俺に感謝しろ」とまで言い放つ始末で、リュシーはつい小言を言いたくなってしまう。

しかし目を細めるフェリクスの顔が優しかったから、文句はたちまち霧散した。

――フェリクス様が不快に感じていらっしゃらないなら、いいか……。

幸いにも目に入る範囲で他に人はいない。今ここにいるのは三人だけ。

かつてまだリュシーが幼かった頃、こんなふうに三人で過ごした日々が思い起こされ、甘酸っぱさが去来した。

――何だか、ホッとする……ああ、大好きだな……

まったりとした時間も。爽やかな景色も。心地いい風も。そして、隣にいる人たちのことも。

何の気負いもなくそう感じ、リュシーは瞳を揺らした。

嘘偽りなく言うならば、今日は自分の心がとても伸び伸びしているのが分かる。肩から力が抜けて、呼吸すら楽になっていた。

今なら、昔のように裸足《はだし》で駆け回ることもできるかもしれない。背中に羽が生えたような気分が、心を楽にしていた。

――何が解決したわけでもないのに……もしかしてお兄様はすごいのかしら？　いいえ、見ているると思い煩うのが馬鹿馬鹿しく思えてくるせい？

散々好き勝手振る舞ったロイは、早くも寝息を立て始めている。驚くべき寝つきの良さに、リュシーは苦笑していた。

「お兄様ったら……引っ掻き回しておいて、居眠りなさるの？」

「疲れているんだろう。昨日までロイは遠方へ視察に行っていたはずだ」

「そうなのですか？　どこか情勢が不安定なところでも？」

「詳しいことは軍の秘密だから僕も知らないが……少々不穏な動きがあるみたいだ」

お気楽な兄の顔しか知らないリュシーには想像できないけれど、これでもロイは優秀な軍人であるらしい。部下も大勢抱えている。

そんな兄が自ら視察に足を運んだとなれば、あまりよくない報《しら》せと思えた。

「……心配だわ……」

「帰った翌日に休暇を得られるなら、大きな問題がなかったという意味じゃないかな」

不安を露《あらわ》にしたリュシーを励ますつもりか、フェリクスが上体を起こして頭を撫でてくれる。その掌の温もりが、怯える気持ちを癒してくれた。

悪い想像をしかけていたリュシーは、木漏れ日の下で彼と見つめ合う。手にしていた日傘は、フェリクスがそっと奪っていった。

「……少し、二人で散策しようか。ロイはしばらく起きそうもないし、日傘は僕が持つよ」

眠る兄に視線をやれば、目の下には薄く隈が浮いている。フェリクスがいった通り、とても疲れているようだ。起こすのは可哀想だと思い、リュシーはそっと立ちあがった。

「……はい」

小声で返事をし、フェリクスと歩き出す。

女性ものの日傘は彼が持つには不釣り合いで、何だかおかしい。しかも傘が作ってくれる影の全てはリュシーに差していた。

——歩幅だって違うから、私に合わせるのは歩きにくいでしょうに……

これもまた、デイビスの助言である『足並みを揃える』の一環なのだろうか。

——まぁあれは物理的な話でなく、もっと精神的な内容だと思うけど……——隣を歩いてくれるのは、悪い気がしないわ。

腕を組む姿は、傍から見れば仲睦まじい夫婦に違いない。そう見られたいと感じている自分に、リュシーはやや驚いた。

——感傷的になっている。でも、これは絶好の機会だわ。

ロイのおかげで場の空気は穏やかに和んだ。今なら心に巣くう疑問や不満をぶつけられる心地がする。もっと言えば、この機を逃せば二度と言えなくなる予感がある。

勇気を振り絞り、リュシーは横を歩くフェリクスを見つめた。

「……フェリクス様、お聞きしてもよろしいでしょうか」

「何？　答えられることなら、何でも正直に話そう」

——やんわりと牽制《けんせい》された……？

彼の言い方では『答えられないことは話さない』と宣言したのも同じだ。それでもフェリクスが嘘を吐くつもりはないことは、何となく伝わってきた。それなら。

「――……何故、私を妻に迎えようと思ったのですか？　今のところ、この婚姻が貴方にこれといって利益があるように思えません」

彼の黒い瞳が真っすぐこちらに据えられる。

リュシーの内側を覗き込むのに似た真剣さに、ついたじろぎそうになった。それでもここで引くわけにはいかない。腹に力を入れ、自分からもフェリクスを真摯に見返した。

沈黙が降り積もる。視線だけが絡み、瞬きもできない。だがこれまで避けていた直球の質問をしたことで、リュシーにはストンと腑《ふ》に落ちるものがあった。

――ああ……そうか。私はフェリクス様の口から『金以外に理由はない』と宣言されるのが怖かったのかもしれない……

たとえ覚悟していても、実際言われるのとはわけが違う。それ故、臆病になる。

利害関係が一致しただけの政略結婚で、愛は微塵もないと明言されるのが恐ろしくて堪らなかったのだと、ようやく認めることができた。

――私は……自覚のないまま『希望』を残しておきたかったのね。

まるでパンドラの箱だ。告白によって触れてはいけない箱を開封したことで、沢山の災厄が飛び出してしまった。それでも箱の底に残されたものの名は『希望』。リュシーは唯一のそれを後生大事に守りたかったのだ。

「……リュシーにとっては、この結婚は不本意だろうね。だけど僕は……やっと手に入れた好機を、絶対に逃したくなかった」

遠くで、小鳥の鳴き声がしている。だがリュシーの耳に届くのは、フェリクスの言葉のみだった。

「好機？」

「義父上……メクレンブルク子爵に婚姻を打診された時、小躍りしたいくらい興奮したよ。半ば諦めていたのに、神様が僕の努力を認め、褒美を与えてくれたのだと、本気で思えた」

「褒美って……」

「僕の人生はアランソン伯爵家を立て直し、ほとんど終わったと思っていた。後は義務としてどこかの誰かと後継者を設ければ終わりだって。――だからまさか、ずっと好きだった女性との婚姻が叶うなんて、夢にも思っていなかったんだ」

サラリと告げられた言葉の威力に、リュシーの思考力は停止した。

――今、フェリクス様は何ておっしゃったの？　ずっと好きだった女性って……私のこと？　そんなはずがないと、頭は瞬時に否定する。けれど同時に信じたがっている自分もいて、混乱した。

「だとしたら、どうして……あの夜会の日、ひどい言葉を投げつけたのですか？」

冷静に話さなくてはと心がけても、声が震えた。

どうしても責める口調になってしまう。これまで抱えていた憤りが噴き出しそうになり、リュシーは細く長く息を吐き出した。涙が瞳に膜を張る。

――興奮せず話さなくちゃ。でないと本当に知りたいことをいつまでも聞き出せない。

「……そうだね。僕はあの夜、最低だった」

「分かっているなら、何故……！　私が鬱陶しかったとしても――」

「リュシーを鬱陶しく感じたことなんて、一度もない！」

急に声を荒げたフェリクスにリュシーの涙は引っ込み、思わずポカンとして彼を見上げていた。

――はい？　あんなにハッキリご自分でおっしゃったのに？　え？　まさか覚えていないの？　それとも忘れた振りでごまかすおつもり？

だとしたら許せない。この四年近く抱えたリュシーの懊悩《おうのう》は何だったのだ。

「ふ、ふざけるのも大概にしてくださいませ。笑えない冗談は、嫌がらせでしかありませんわ！」

しおらしい気持ちは吹き飛び、リュシーは勝気さ全開でフェリクスを睨みつけた。

馬鹿にするのもほどがある。これ以上自分を愚弄するつもりなら、こっちにも考えがあると胸を張った。

「いくら何でも言語道断です。私、本気で怒って構いませんよねっ？　別居しましょう！　とても夫婦としての信頼関係を築けません」

初めから二人の間に信頼関係があったかどうかは怪しいが、柳眉を吊《つ》り上げ言い募る。

リュシーの剣幕《けんまく》に気圧された様子の彼が泣き笑いを浮かべたのを目にし、こちらの憤怒は一層膨れ上がった。

「私を嘲笑っていらっしゃるのっ？」

苛立ちと悲しみがごちゃ混ぜになる。引っ込んだはずの涙が、リュシーの双眸を濡らした。

「君は、本当に愛らしいな」

「そんな戯言で収束できると思わないでくださいませ。私、実家に帰らせていただきます！」

涙を振り払う勢いで兄の元に駆け戻ろうとしたリュシーはしかし、その場から一歩も動けなかった。

踵を返した次の瞬間には、背後からフェリクスに抱《だ》き竦《すく》められる。日傘が地面に転がり、彼の胸に包み込まれ力強く拘束されては、前に進めるわけがなかった。

「は、放して……！」

「駄目だ。二度と放さないと結婚式の日に決めた。本当は……夜会の時も、こうして君を抱きしめたくて堪らなかった……」

言っていることがめちゃくちゃだ。彼自ら突き放したくせに、過去を改変するつもりか。

いっそフェリクスの手の甲に爪を立て抵抗してやろうかと思ったが、リュシーは彼の腕が微かに震えているのに気がつき、思い留《とど》まった。

――辛いのは私の方なのに、どうして縋りつくみたいにするの……

この腕を振り払える冷酷さを、リュシーは持っていない。どうすればいいのか見失い、気づけば完全に身じろぎを止めていた。

「――……どうか僕の話を聞いてほしい。それでも許せないと君が言うなら、一生傍にいて償い続ける」

「それじゃ、私が許す許さない関係なく、解放するつもりはないってことじゃありませんか」

「……先に謝る。すまない」

ふてぶてしく肯定し、一向に腕の檻《おり》を緩める気がないフェリクスに、リュシーは仕方なく白旗を揚げた。

「……話は、聞きます。最初から今日はそのつもりでした」

「僕から去って行かない？」

「……少なくとも、話が終わるまでは」

含みを持たせたのは、リュシーのなけなしの矜持だ。勝手な言い分で思い通りにされてなるものかと、己を鼓舞する。自分はまだ怒っているのだと知らしめるつもりで、リュシーは荒っぽく鼻から息を吐き出した。

「お兄様には聞かれたくありません。もう少し、向こうに行きましょう。ご存知だと思いますが、お兄様は地獄耳なんです」

近くで長く話していては、ロイが起きるかもしれない。夫婦の秘密を兄であっても知られたくなくて、リュシーはフェリクスと共に大木から更に離れた。

「――それで？　一応フェリクス様の言い訳を聞いて差し上げます」

「リュシーのそういう強気なところ、僕は好きだよ。本当は気遣いができる優しい女性だと知っているから、虚勢だと分かっているし」

「ね、寝言は寝てからおっしゃってください」

甘く蕩ける眼差しと声音に、不本意ながら頬が上気する。

リュシーは両腕を組み、仁王立ちした。とても淑女がとる体勢ではないが、こうでもしないと自分を励ませないと思ったからだ。

「君の夢が見られるなら、ずっと眠っていたいけどね」

「んんっ」

耳に砂糖が詰められたのかと思った。もしくは口に無理やり蜂蜜を垂らされた気分だ。

「そういうのは結構なので、本題に移ってください」

「せっかく初めて夫婦で外出したのに、つれないな……でも白黒つけようとするところがリュシーの美点でもある」

「お、お兄様もいらっしゃるので、厳密には夫婦でとは言えません」

何を言っても甘い言葉で返されて、リュシーは危うく酩酊《めいてい》しそうになった。どうにか絞り出せたのは愚にもつかない反論だ。

「とにかく、全てはフェリクス様の話を聞いてから決めます。よろしいですね？」

「ああ。正直に話すよ」

そこで一度言葉を区切った彼が深く息を吐く。フェリクスの緊張感が伝わってきて、リュシーも背筋を正した。

「……数年前、君に好きだと言ってもらった夜は、本当に驚いた。でも僕に、そんな言葉を受け取る資格はない。リュシーも知っての通り、当時のアランソン伯爵家はかなり悪い状況だったからね。没落寸前と囁かれる家に、好き好んで嫁ぐ女性はいない。娘が苦労すると分かって、結婚を許す父親もね――」

「あ……」

確かに、もしあの夜フェリクスがリュシーの告白を受け入れたとしても、父は絶対に二人を認めなかっただろう。下手をしたら、他に条件のいい男性とリュシーを無理やり結婚させ、諦めさせようとした可能性もあった。

「だ、だとしても……もっと優しい言葉で断ってくださったって、よかったと思います」

「……そんなことをすれば、僕が君に未練があるのを知られることになってしまう」

「知られる？　誰にですか？」

仮にそうでも、あの場には他に人がいなかった。つまりリュシーとフェリクスが口を閉ざせば、誰の耳にも入らなかったはずだ。すぐに結婚といかなくても、秘密裏に交際だってできたのでは。

到底納得できない説明に、リュシーはより激しく戸惑った。

「――当時、アランソン伯爵家は沢山のしがらみもあって内部がごたついていた。次の後継者指名で家の運命が決まると言っても過言ではなく、一族はピリピリしていたよ」

「順当にフェリクス様が選ばれたのではないのですか？」

「僕が若すぎると、遠縁から横やりが入っていた。僕の母の身分が低いことも気に入らない者が大勢いてね。他にも――いや、それはリュシーが気にする必要はない。とにかく、いくら権勢を失いつつあっても、歴史ある伯爵家だ。当主の座を狙う者は少なくなかった」

アランソン伯爵家が次期当主を決定した頃には、リュシーはすっかりフェリクスと疎遠になっていた。兄と彼は変わらず交流していたが、そこにリュシーが加わることは完全になくなり、情報自体遮断していたと言っても大袈裟ではない。

フェリクスに関わる噂話《うわさばなし》の全てを拒み、視界にも入れないよう意地になっていたからだ。

それ故、アランソン伯爵家の詳しいお家騒動なんて知らなかった。

「僕は正直、かなり危うい立場だった。息子とはいえ、父自身一族の中で力を失いつつあり、傍系の家の方が裕福になっていたからね」

そういう状況下で、弱みを見せるのは危険だったと彼は語った。

「足を引っ張ろうとする輩に、自分の弱点を知られると危ない。僕一人の問題ではなく、相手にも迷惑がかかる。だから――大事な人ほど、遠ざけなければならなかった」

「それは……私が大事だからわざと離れていくように仕向けたと聞こえますけど……」

「リュシーを手酷く傷つけて、今は後悔している。だけどあの夜は……テラスの傍にある繁みに人の気配があった。誰だか定かでなくても、警戒するに越したことはない。小さなひび割れから取り返しのつかない事態に陥るのを、僕は知っている」

全てはリュシーのため。自分が憎まれ恨まれても守りたかったのだと言われたのも同然だ。

欠片も想像しなかった事実を明かされ、呆然とする。

長年心を蝕《むしば》んでいた黒い感情を昇華できず、息が苦しくてひたすら瞬くことしかできなかった。

――私……フェリクス様に嫌われていなかった……？　それどころかこんなにも大切に思われていたの……？　私が昔から彼に抱いていた印象が間違いでなかったなら……

当時の彼がどんな気持ちだったのか想像し、泣きたくなる。

心にもない台詞でリュシーを切りつけ、フェリクス自身深い傷を負ったはずだ。リュシーが知る彼は、そういう人だった。

けれどそれでも真実は明かせず、アランソン伯爵家を守るために歯を食いしばるしかなかったとしたら。

一族の中は敵だらけ。隙を見せれば当主の座を狙う者に引《ひ》き摺《ず》り降ろされる。そんな緊張感の中、とてもリュシーまで守ることは不可能だったのだろう。

あの頃の彼はまだ二十一歳だった。全てを一人で背負うには、若すぎる。そしてリュシーもまた、フェリクスを支えるには幼すぎた。

――それなら、『無関係』でいる方が安全だと思って……？

優しく振られていれば、リュシーはきっと諦められなかった。

これまで以上にフェリクスへ纏わりつき、己の好意を隠そうとしなかったに違いない。そんなことをすれば彼に迷惑がかかるとは考えもせず。

――暴走しただろう自分の未熟さが、簡単に想像できる……

恋は、人を愚かにする。他のものが目に入らなくなり、他人のありがたい助言も耳に入らなくなる。おそらく当時のリュシーに全てを打ち明けられても、愛さえあれば乗り越えられると一層盛り上がって、自己満足めいた正義感を振りかざしたに決まっていた。

――フェリクス様はたぶん、私以上に私のことを理解なさっていた……だから、あの時冷たく拒絶することを決めたのね……

「……繁みの陰に人がいるなんて、気づきませんでした……」

「単純に猫か何かだったかもしれない。だけどリュシーに僅かでも危険が及ぶ真似はしたくなかった。それくらいなら、僕が一生恨まれ嫌われた方がマシだ」

「ですが後から私の誤解を解くこともできたのではありませんか？」

「……当時の僕は、君の気持ちを受け止められる余裕がなかった。それなら仮にリュシーに謝罪しても、自分の罪悪感を消したいだけだ。――君を傷つけた僕には、そんな権利はないよ」

権利。どこかで聞いた言葉だ。

数秒考え、リュシーは以前彼の執務室で抱き合った日のことを思い出した。

――そうだ……あの時もフェリクス様は自分に権利がないとおっしゃっていたわ。

しかもその前に、聞き取れないほどの小声で何かを囁いていた。あれはいったい何だったのだろう。

「まるで罪人の懺悔《ざんげ》を聞いている気分です」

「僕は君に贖罪したいから、あながち間違いではないな。リュシーが負った心の傷がいつか癒え、僕を許せなくても幸せだと思ってもらえる時が来たら、本当の意味で償いが終わる気がする」

「大袈裟な……」

「本心だ。その時初めて、僕は君に心からの愛を告げる権利を得られる」

もはや告白と同じ熱量が籠った台詞に、リュシーは瞠目した。

愛していると言われたのも同然。しかも嘘の気配は欠片もない。真剣に紡がれた言葉は、リュシーを驚かせるのに充分だった。

「フェリクス様……」

「だがまだ言えない。今は僕の気持ちでリュシーを縛るのは時期尚早だ——もっと真摯に贖《あがな》って、君の心が溶けるまでは——」

切なくこちらを見つめる眼差しに、リュシーの胸が騒めいた。

ここまで言われて、フェリクスの真心を疑うことなんてできない。いや、万が一騙されているとしても、本望だと思えた。

こうまで言葉と労を尽くしリュシーを謀ろうとしているなら、掌で転がされてもいい。ある意味誠実に向き合ってくれている。

彼は、どちらかと言えば他者と距離を置く人だ。簡単に己の懐まで迎え入れはしない。そんな人が必死でリュシーを繋ぎとめようと足掻いている。たとえどんな思惑があったとしても、幸せだと感じてしまった。

——そうか……きっとフェリクス様自身がご自分を許せないんだ……

かつてリュシーにした仕打ちに誰よりも彼が苦しんでいる。

自分も数年間悲しみに暮れていたけれど、フェリクスの懊悩はそれ以上だったのではないか。

そう思い至れば、もう彼を糾弾する気にはなれなかった。

ずっと渦巻いていた黒い感情も、力をなくし消えかける。何をしてもどこに行っても、誰と過ごしても霧散してくれなかった恨《うら》み辛《つら》みは、脆く崩れ去っていった。

「……せめて結婚前に話してくだされればよかったのに……」

「君との婚姻を義父上に許されたからと、自分も便乗して君に許しを乞うのは、正しくないと思った」

彼なりの優先順位や考え方に、全て納得できたわけではない。今でもリュシーは『他にやりようはあったんじゃない？』と感じていた。

それでもフェリクスの行動の全部が自分のためであったことは存分に理解できた。

一見不合理で遠回りだし、とても最高の選択とは言えないけれど、『大事に守られた』のは伝わってくる。

そしてそういう真心こそが、リュシーが欲して止まないものでもあった。

——ああ、私この人が好きだわ……前と同じ——いいえもっと深く強く愛している。

抑え込んでいた恋情が再び燃え上がる。

完全に消えたはずの焔《ほのお》は、かつてより勢いを増していた。

「……フェリクス様は何をもってご自分が『権利を得た』と判断なさるの？　私が幸せを実感する時が来たらとおっしゃいましたけど、基準が曖昧だと思います。それでは一生かかっても確証は得られないのではありませんか？　もし問われたとしても、私が正直に申告するとは限りませんよ？」

「痛いところを突かれたな。リュシーの言う通りだ。でもそれなら――僕は一生君の傍で償い続けることになるから、リュシーから離れずに済む」

どちらにしても自分を手放す気がないと言葉と視線で告げられ、リュシーは赤面した。

言葉だけなら紳士的で控えめだ。しかし実態は、嵐のようであり業火のようでもある。

悪戯《いたずら》に触れれば、大怪我に繋がりかねない。我が身をも滅ぼす激情が垣間見え、リュシーは背筋を戦慄かせた。恐れではなく、喜び故に。

「でしたら！　いつかではなく今この場で先におっしゃってください。肝心なことを後回しにされるのは、性に合わないのです」

傲岸不遜な振りをして、リュシーは腰に手を当てた。傲慢さを演じなければ、とてもこんなに恥ずかしいことは言えない。

端的に言えば、自分は『好きだと言え』と要求しているのに他ならなかった。

フェリクスが目を見開いて、こちらを凝視している。当然の反応だ。リュシーだって、こんな素っ頓狂な女を見たことがない。

偉そうにふんぞり返り、告白を要求するなんて前代未聞だ。さぞやおかしな女だと思われているに決まっている。

――でも今を逃せば、いつフェリクス様が本当の気持ちを打ち明けてくださるか、全く分からないじゃない。下手をしたら一生無理よ。私だって今日の勢いがなかったら、こんなこと勇気がなくてきり出せない……！

言わば捨て身の勝負。

彼への愛情を自覚したからこそ、駆け引きが苦手なリュシーに『待て』はできなかった。

――こんな時こそ、持ち前の強引さを発揮してほしい。

引くなんて高度な心理戦、今は不要だ。思い立ったら、即行動。

自分の信条に基づいて、リュシーはずいっと一歩踏み出した。その迫力に戸惑ったのか、フェリクスが僅かに身を引く。

――違う、そうじゃない。引かないでくださいませ！

婚約以降いつも及び腰だったリュシーを彼が捕獲する構図だったが、今日は立ち位置が逆転していた。じりじりと距離を詰めるのはこちら側。

あと少し接近すれば身体が触れ合う距離感で、リュシーは前進をやめた。

「……ここまで申し上げても分かりませんか？　い、今ならフェリクス様の言葉に心から耳を傾けると言っているのですが……！」

我ながら可愛くない言い回しで、返事を待つ。

心臓は心配になるほどの速度でバックンバックン脈打っていた。

血が勢いよく巡り過ぎて、耳鳴りがする。呼吸しているのに、息苦しい。

膝が笑い、今にも倒れ込みそうだ。それでも、リュシーは気合を入れて踏ん張った。

「どうなさいます？　今日限定で全て水に流すのも吝《やぶさ》かではありません」

言葉だけは勇ましく。ただし声は震え涙目になっている。

リュシーをよく観察している彼が、そのことに気がつかないはずはない。

ただの虚勢を精一杯張っているのはお見通しだろうし、かつそれを指摘されるのをリュシーが好まないこともフェリクスは熟知しているに決まっていた。

彼が唖然としていたのは短い時間。

丸くなっていた黒い双眸が柔らかく細められるまでに、さほど時間はかからなかった。

「……やっぱりリュシーは極上に可愛い。意地っ張りで嘘や曖昧なことが嫌いな、正直者だ」

今度はフェリクスが一歩前に足を踏み出す。二人の間に残されていた僅かな距離は、あっという間に駆逐された。

胸同士が服越しに触れ合って、彼の腕に抱きしめられる。背後からではなく正面からの抱擁に、リュシーの鼻腔がフェリクスの香りでいっぱいになった。

「この世の誰よりも、リュシーが好きだ。メクレンブルク子爵家でロイに紹介され、何度も会ううちにいつの間にか君が特別な女の子になった。随分前から……愛していた」

明確に音にされた言葉が、ゆっくりリュシーの心に届く。

そこからじわじわ広がる熱の名前は歓喜。

先ほどまでとは理由が変わった涙が、リュシーの両目から溢れた。

「……っ、本当ですね？　今更取り消しはききませんよ。騙されたと知ったら、もう二度と許しません」

「許さなくていい。初めからリュシーに許しを乞うつもりはない。それだけのことを僕はしてしまったと理解している。だから、軽々しく謝罪するのも躊躇《ためら》われた。頭を下げてスッキリするのは、結局のところ僕だけだ。君の性格上、謝った相手をそれ以上責められなくなるだろう？」

「わ、私を理解してくださるのは嬉しいですが……それでも、一言くらい言ってほしかったです……っ」

我慢しようにも次から次に込み上げる涙は、フェリクスの胸元で拭わせてもらった。きっと彼の服はビチョビチョになってしまうが、この程度は許してほしい。

みっともない泣き顔を見られたくなくて、リュシーは思いきりフェリクスの胸板へ顔を押しつけ、嗚咽《おえつ》を噛み殺した。

「……うん、そうだね。全部君の言う通りだ。僕は独りよがりにこれが最善の道だと考えていた。またリュシーを傷つけて、本当にすまない」

大きくて温かい掌が頭を撫でてくれる。大好きな重みと感触が心に滲み、余計に涙は止まらなくなった。

「今回だけは、許してあげます。でも次はありませんからね……!」

甘えさせてくれる彼に全力で寄りかかり、我が儘めいた生意気な口をきけば、フェリクスが楽しげに笑う声が降ってきた。

少しも不快には感じていないことが、その声音から伝わってくる。むしろリュシーを慈しむ手が、背中を何度も上下してきた。

「ああ、本当に可愛い。ひょっとして、僕の理性を試している?」

「え?」

思わず顔を上げれば熱っぽく見つめられ、リュシーは息を呑んだ。

この眼差しの色には覚えがある。いつも閨で向けられている種類だ。

リュシーを欲する男の瞳に、体内が甘く疼くのを感じた。

「こ、こんなところで……」

「ちょっと見晴らしがよすぎるね。でも——あちらの方に行けば、誰の目も気にせず済みそうだ」

目線でフェリクスが指し示したのは、木々が生い茂っている方向だった。

確かに、彼が言うように人目を避けられそうだ。しかしこんな雰囲気で二人きりになれば、どんなことが待っているのか想像できないほどリュシーは子どもではない。

抱き合ったフェリクスの胸からは、自分と同じ速度の鼓動が響いている。高まる体温も、同様に急上昇していた。

「やっと思いが通じ合って……嬉しくて堪らない。もっと君を感じさせて」

彼が頭を垂れ、リュシーの耳元で囁いてくる。吐息が耳殻を掠め、思わせ振りに腰を撫でられた。

そんなことをされれば、とても冷静さなんて保てない。つい頷きたくなるけれど、リュシーは真っ赤に熟れた頬を左右に振った。

「か、可愛くお願いしても駄目です」

「可愛いのはリュシーだけど……少しだけでも駄目かな」

小首を傾げ、ほんのり媚を滲ませるのは狡《ずる》い。思わず折れそうになり、リュシーはグッと奥歯を噛み締めた。

「す、少しで終わる保証がありません。フェリクス様は何だかんだ、強引なところがありますもの」

「信用ないな。だけど断られて逆に嬉しいと感じてしまう。だって、それはつまりリュシーが僕を理解してくれていて、その上僕の誘惑に抗えない不安があるってことじゃないか」

「な……っ」

そういうつもりではなかったが、言われて初めて、的を射ていると思った。

確かに彼の述べた内容に一理ある。リュシーは本気でフェリクスに迫られると、これまで一度だって拒み通せたことはなかった。結婚したのだからという義務感以上に、心底嫌だとは思っていなかったからだ。

「そんな言い方、狡いです……!」

「ごめんね、僕は狡いし図々しい男なんだ。こんな男と結婚してしまって哀れだけど、諦めてくれ」

悪びれもせず、よく言う。だが彼の言葉にも態度にもリュシーに対する愛情が駄々洩れで、絆されずにいるのは難しかった。

愛する人に同じ感情を返されて、平気でいられる女はいない。

しかも一度は諦め、捨てた恋心だ。再び芽吹いた気持ちはたっぷりと養分を蓄えて、大きく育とうとしていた。

「せめてキスしてもいいか?」

「い、今までは許可を取らなかったのに……っ」

「下手に聞いたら、嫌だと言われそうで怖かった。僕もリュシーに逃げられないよう必死だったんだよ」

フェリクスに唇を指先でなぞられて、リュシーの背筋が戦慄く。

絡まる視線が熱く、発火しそう。リュシーの一挙手一投足を見逃すまいとする強い眼差しに炙られ、半開きになった唇から漏れた吐息は淫靡に濡れていた。

「口づけ、だけ……なら」

「ありがとう、リュシー」

リュシーが口籠りつつ頷けば、すぐさま彼の唇が下りてきた。

重なった場所から愉悦が弾ける。軽く食まれたと思えば舌先で擽られ、また膝に力が入らなくなった。

「ん……っ」

今までと、何かが違う。その差を明確に説明はできないものの、以前とは確実に変化があった。

蕩けるような心地良さは相変わらず。頭がぼうっとしてしまう甘い息苦しさも。

だが込み上げる幸福感は段違いだった。

――フェリクス様が私を好きだと言ってくださった……

愛されていると知っただけで、心が潤う。満たされた分、身体にも影響が及ぶらしく、これまでになく官能の火が灯るのを感じた。

ゾクゾクして落ち着かない。これ以上屋外で淫靡な真似をしてはいけないと思うのに、激しく舌を絡めることはやめられなかった。

リュシー自らも彼の背中に手を回し、強く抱きつく。積極的に舌を差し出し、拙いながらもフェリクスの口内へ遊ばせた。

指先まで走る喜悦が全身を痺れさせる。大きくなる一方の眩暈に、リュシーは戦慄《わなな》きながら彼に縋りついた。

「……キスだけで腰砕けになり、立っていられなくなるなんて、君はどこまで僕を夢中にさせるつもりだ？」

「ん……違……」

喉が掠れ、殊更淫らな声が出た。

背の高いフェリクスと立ったまま口づけるには、彼が身を屈《かが》めるか、リュシーが背伸びするしかない。これまでは結婚式も含め、フェリクスがこちらに合わせてくれていた。

けれど今日のリュシーは待つだけの自分を捨て、思いきり伸びあがる。彼の首へ自身の腕を回し、爪先立ちになってキスを求めた。

勿論、そうでもしないとへたり込んでしまいそうだったのも理由の一つだ。

「こんなに赤面しているのに一生懸命頑張って、僕を惑わせたいのか？　――今日外出したのは失敗だったな。ここが屋外じゃなければ――」

「屋外じゃなかったら、何をするつもりですか」

若干頬を引き攣らせたリュシーが仰け反れば、嫣然《えんぜん》と微笑んだフェリクスの瞳が意味ありげに細められる。そこには妖艶さも含まれていて、つい見惚れてしまった。

「帰ってからのお楽しみだ」

リュシーの耳に唇を寄せ「全部丁寧に教えてあげる」と囁く男の声は、あまりにも淫猥だった。一気に体内の温度が最高値を記録し、リュシーの瞳が泳ぐ。

「は、破廉恥です」

狼狽するこちらの様子をつぶさに見ていた彼が、声を上げて笑った。

「ふふ……ははは、今日一日で沢山君の表情を見られて嬉しい。そう思えば、ここに来て本当によかった」

「そ、そうですよ。こういう機会がなくては、私だって本音を晒せなかったと思います」

気持ちのいい天気や穏やかな空気、色々な人の助言や後押しで作られた土壌、ロイの乱入により砕けた雰囲気のおかげで、やっと二人は歩み寄れた。

どれか一つでも欠けていたら、叶わなかった可能性もある。

お互い自分が考える『正しさ』に固執し、本当に大事なものを見失ってしまうところだった。

「リュシー、一刻も早く屋敷に帰りたい」

台詞の裏にある艶めいた誘いに、小さく頷く。

リュシーも同じ気持ちだ。溢れそうな気持ちを抑えるのは、そろそろ限界に差し掛かっている。今にも溢れてしまいかねない恋情が、離れたくないと訴えていた。

「でも、もう一度キスしたい」

両頬に添えられたフェリクスの手に促され、リュシーは上を向き双眸を潤ませる。

彼の瞳に湛《たた》えられた思慕が、リュシーの下腹をキュッと疼かせた。

「よ、喜んで……」

伏せた瞼にまず口づけられ、その後頬や鼻の頭にもキスされる。うっとりする感触がリュシーの顔中に降り注いだ。

「ん、ふ……っ」

合間にうなじを擽られ、肌が粟立つ。二人の唾液が混じり合い、嚥下できなかった分が顎を伝い落ちた。滾る息が熱く降りかかり、火傷しそうなのに気持ちがいい。

衣服に遮られるのも煩わしくて、思いきり身体を寄せあった。

少しの隙間も作りたくない。絡まり合い、いっそ一つになってしまいたくて、リュシーは全力で背伸びする。時折キスを解き深く息を吸いながら至近距離で見つめ合うと、余計に興奮が募るのを感じられた。

ここが見晴らしのいい屋外であるのも忘れ、世界は二人だけになった錯覚すら心地いい。

仮にこの瞬間終わっても、何も悔いはないと断言できた。

――フェリクス様を愛している。

頭の中で明言するだけでも恋心が大きく膨らんだ。言葉にしきれない想いの全部が伝わることを願い、口づけに集中する。

淫靡な水音を立て愛しい人を味わう行為は、回数を重ねるごとにリュシーを虜にした。

──フェリクス様も同じだといいな……

自分が彼を愛するのと同じだけ、彼からも愛されたい。早くも貪欲になった願望に、我ながら笑ってしまう。けれど心底本心だった。

「愛している、リュシー。これからもどうか僕の傍にいてほしい。必ず守ってみせるから」

「もう『いらない』と言われても、離れてあげませんよ」

切実に『傍にいてほしい』と告げられた喜びが胸いっぱいに広がり、リュシーは大きく頷く。

そのせいで、小さな疑問が長く頭に残ることはなかった。

──守るって、いったい何から？

フェリクスが正式に後継者指名を受ける前に、その座を狙っていた一族の誰かからだろうか。

──だけど、もう決まったことだもの。今フェリクス様に何かあれば、一番に疑われる真似をするはずがないわ。だいたいアランソン伯爵家の繁栄に、フェリクス様は不可欠よね。

どうせなら優秀な彼に当主の座を継いでもらい、その傍で甘い汁を啜《すす》った方が得策に決まっている。アランソン伯爵家は持ち直しつつあると言っても、まだ国の中心的家門だったかつての栄光を取り戻すほどではない。フェリクスという心臓を失えば、再び没落の一途を辿る可能性が大いにあった。

──傍系の家門もアランソン伯爵家自体が大きくなってくれた方が、都合がいいはずだわ。

リュシーは自分の中で結論付け、小さな疑問はそのまま忘れた。

それよりも今は、長年想い続けた愛しい人との逢瀬を楽しみたい。誰にも邪魔されず、全身全霊で彼の愛情を感じ取りたかった。

「フェリクス様……」

「――盛り上がっているところ悪いが、俺そろそろ帰るわ。今夜は夜間任務が入っているんだった。危ねぇ、忘れていたわ」

「んぁっ？」

突然耳元で兄の声が聞こえ、リュシーは文字通り飛び上がった。

フェリクスも流石に驚いたらしく、目を丸くしている。だがリュシーを抱きしめる腕はそのまま。

そこへちらっと視線を落としたロイが悪辣な表情を浮かべ、フェリクスの腕を叩いた。

「おいおい、いくら俺の妹が可愛いからって、兄の前で堂々といちゃつくなよ。いつも潔癖なくらいお堅く規律正しいお前らしくないぞ」

「お、お、お兄様……、いつから起きていらしたのですか……っ」

てっきりロイは未だに夢の中だと油断していた。それなのに兄は全く眠気を感じていない様子で、先ほどフェリクスが放り出したままだった日傘をたたみ、クルクルと回しているではないか。

「え？　あぁ、お前たちが俺から離れて歩き始めた辺りから？」

それなら完全に最初からだ。

初めから全て見られていたのだと分かり、羞恥と焦りが込み上げた。

「狸《たぬき》寝入りだったのですかっ？」

「失礼な。俺は仕事柄、人の動きに敏感なんだよ。寝つきもいいが、寝起きもいい。文句を言われるとは心外だな。逆にお前たちを二人きりにしてやった気遣いを、褒めてほしいくらいだ」

「ま、まさか……私たちの会話は聞こえていませんでしたよね……？」

いくら何でも夫婦の痴話喧嘩《げんか》を家族に聞かれたくはない。それに熱烈な告白だって最高機密だ。普通の人なら、絶対に聞こえない距離を取ったと断言できるものの、地獄耳の兄に油断は禁物だった。

「……さぁ、どうかな？」

「お兄様！」

意地悪く口の端を吊り上げたロイに、リュシーは拳を振り上げた。しかしアッサリ躱《かわ》されて拳は虚しく宙を掻く。

それどころか額を押さえられては、腕の長さのせいで攻撃が一切届かなくなった。

「ひどいわ、お兄様！」

「いきなり殴りかかってくる妹も相当ひどいが？」

「そ、それはお兄様が私を揶揄うから……！　だいたい一度だって当たったことはありませんよね！」

「フェリクス、お前本当にリュシーでいいのか？　こんなに暴力的な面があるんだぞ？　俺自ら護身術を教えているから、暴漢くらいは返り討ちにできる腕があるぞ？」

せっかく想いが通じ合った夫に不穏なことを吹き込まないでほしい。

リュシーは大いに慌てふためいて、額を押さえてくる兄の手を掴んだ。

「放してください！　盗み聞きするなんて、卑怯《ひきょう》ですよ」

自分がフェリクスとデイビスの会話に聞き耳を立てたことは完全に脇に置き、リュシーはロイを糾弾した。

夫婦のやり取りは、全て聞かれたと思って間違いない。顔から火が出そうなほど、恥ずかしくて堪らなかった。

「ロイ、リュシーを揶揄うのは、そこまでにしてくれ。いくら実兄でも、僕が嫉妬する。それに愚問だよ、ロイ。彼女じゃなくちゃ駄目だ。リュシーが僕の運命の人だから」

揉める兄妹を見守っていたフェリクスが苦笑しながらもキッパリと口にする。しかもロイの手をやんわりとリュシーから外し、更にさりげなく己の腕の中にリュシーを囲った。

「フェリクス様……っ」

守られているようで嬉しいけれど、兄の前で夫と密着するのは羞恥が過ぎる。真っ赤になってフェリクスを見上げると、優しい笑顔が返された。

「リュシーがいいんだ。他には誰も代わりにならない」

もう一度一音ずつ区切るように告げられ、胸の中が温かくなる。

どうしてか涙が滲んで、リュシーは自分を抱きしめてくる彼の腕に手を添えた。

「見せつけてくれるな……俺も結婚したくなってきた」

「相手もいないくせによく言う」

「言ってくれるじゃないか。俺より先に結婚したから、強気になっているのか。本気を出せば、俺にだってすぐ相手は見つかる」

「そうだといいな」

軽口を叩《たた》き合《あ》う男二人に、リュシーもつい笑みを漏らした。

空気が心地いい。大好きだった時間に戻れた気がして、とても心が晴れやかになった。

「ふふ……とりあえず、帰りましょうか。お兄様は夜から仕事なんですよね？　遅刻は許されませんよ。さぼるなんて以《もっ》ての外《ほか》です」

そもそも夜間任務を忘れていたなんて噴飯《ふんぱん》ものだが、ロイならば十分あり得る話だ。

いささか信用ならない兄を胡乱《うろん》な瞳で見つめ、リュシーはしっかり釘を刺した。

「俺の妹は本当に厳しいな……フェリクス、今ならまだ間に合うぞ？　別の大人しく控えめな女の方がよくないか？」

「お兄様！」

「ロイ、僕がそういう女性に魅力を感じないことは、君も知っているだろう。大体自分だって、人形みたいな女性には興味が持てないと言っていたくせに」

「それはそれ、これはこれだ」

青空の下、三人の声が響き渡る。

懐かしくて、温かな掛け替えのない時間。叶うなら、こんな時が永遠に続けばいいと思う。

――ずっとこうして平和な幸せがあればいいな。

これ以上誰も傷つくことがないように。時には喧嘩《けんか》くらいするとしても、フェリクスが二度と辛い思いをしなければいいと、リュシーは心から祈った。

5　初めての喧嘩

高級店が並ぶ大通りは、貴族や裕福な中流階級たちでいつも賑《にぎ》わっている。

久方振りに買い物に出たリュシーは、人の多さに早くも疲れを感じていた。

「ここはいつ来ても混雑しているわね」

「申し訳ありません、若奥様。お帰りの際には、店の前に馬車をつけさせますので……」

「ああ、別に構わないわ。歩くのは、嫌いじゃないの」

通りの端にはいくつもの馬車が停車しており、リュシーと同行のメイドは目的地から少し離れた場所で降りるしかなかった。

アランソン伯爵家の名を出せばいい位置を開けてもらえたかもしれないが、それはリュシーが断っている。後から来て割り込む真似はしたくない。それにとんでもなく遠くに停車したわけではないのだから、御者やメイドが申し訳なさそうに畏《かしこ》まる必要はなかった。

「こうしてそぞろ歩くのも楽しいじゃない？　屋敷の中に籠っていると、どうしても運動不足になりがちだし。今日は天気がよくて気持ちもいいわ」

「お優しい気遣い、ありがとうございます」

「本当のことを言ったまでよ。気遣いなんて大層なものじゃないわ」

放っておくといつまでも頭を下げていそうなメイドに手を振り、リュシーはお目当ての店に向かった。

そこは男性ものの小物を扱う店だ。

帽子やステッキ、懐中時計に煙草《たばこ》など。広い店舗内には幅広い商品が揃えられている。そのどれもが一級品で、紳士の嗜《たしな》みとして人気が高い一流店だった。

「……お義父様はどんなものを好まれるかしら……」

到着した店内で、リュシーは早速商品を見て回る。

兄を含めた三人で丘に行った日から三日後。

ようやく互いの本心を打ち明け合ったリュシーとフェリクスは、今度こそ本物の夫婦になれた。

これまでも夫婦としてのあれやこれはしていたけれど、今は気持ちの上で深く強く結ばれたのが分かる。あの日以降、リュシーは『自分は人妻である』のを何度も噛み締め、ふとした拍子にニヤニヤが止まらなくなるほどだ。

――幸せ過ぎて怖いくらい。昨晩だってフェリクス様が情熱的かつ官能的に迫ってきて……あ、駄目だわ。顔が緩んでしまう。しっかりしないと。何せ私はアランソン伯爵家の次期後継者、フェリクス様の妻なんだから！

だらしない顔を使用人や赤の他人に晒すわけにはいかない。いつでも毅然として、彼に相応《ふさわ》しくあらねば。

勝手に弧を描く唇を引き結び、リュシーは落ち着いた淑女を装う。今日は義父への贈り物を買い求めに来たのだから、尚更気を張らなくてはと自身を叱咤した。

フェリクスとの距離はグッと縮まり、今や誰が見てもリュシーたちは仲睦まじい新婚夫婦だろう。家庭に問題は一つもない。だが夫と義父のギクシャクした関係性に関しては、リュシーの心に引っかかるものがあった。

――私が出しゃばることではないし、血の繋がりがあるからと親しい交流を強要できないけれど……

家族だから完璧に分かり合えるなどという考えは、幻想だ。

幸いにもリュシーの実家は全員性格が違っていても上手くいっているが、そうでない家もあるのだと、嫁いで初めて気がついた。

――自分の母を殺したと噂された相手と普通に付き合うなんて難しいに決まっている。その上疑惑の目を向けられたらグスタフ様だって屈辱的だったはずよ。一緒に暮らすどころか、視界に入ったり噂を耳にしたりする距離感では生活できなくて当然だわ……

勿論、本音ではギスギスすることなく平和的であってほしい。しかしリュシーが口を挟めることでもないと、弁えていた。

それでも、せめて娘として義父には心を配りたい。

二人の息子の間で苦しんでいるに違いない、義父に何か贈り物をして真心を示したかった。

――私のお父様へのプレゼントだったらお酒一択だけど、フェリクス様のお義父様には何がいいかしら。結婚式の際に軽く挨拶を交わしただけだから、趣味も何も分からないわ。

フェリクスにさりげなく聞いたところ、『ほとんど一緒に暮らしたことがないから、よく知らない』と寂しげに言われてしまい、それ以上、追及なんて無理だった。

更にデイビスに探りを入れたものの、『若奥様が選ばれた品なら、何でもお喜びになるでしょう』とはぐらかされて終了だ。優秀な家令は先日少々喋り過ぎたと反省したようで、以前にも増して口が堅くなってしまった。

他にタウンハウスで義父をよく知る者もなく、結局リュシーは自力で贈り物を選ばざるを得ない状況に陥ったのである。

――フェリクス様の伴侶としてもっと認められたいし、あわよくば気に入られたい。

明け透けに言ってしまえば、そのための賄賂だ。失敗は許されない。

リュシーはじっくり吟味するつもりで、棚に並べられた品々を眺めていった。

――顔立ちはフェリクス様に似ていらしたから、色は青がいいかしら。でも、年齢を重ねた渋みもおありだった。それなら黒や茶も……――フェリクス様も数十年後にはあんな素敵な紳士になるのかしら？

少しでも気を緩めると、思考が夫のことでいっぱいになる。

その度にリュシーは頭を左右に振り、意識を現実に引き戻した。

──フェリクス様に愛されていると実感してから、私ったら馬鹿になってしまったみたい。すぐ頭がポヤポヤして、浮かれてばかりいるわ。もっとちゃんとしないと！　まずはお義父様への贈り物選びを完璧にこなすのよ。

脳内に広大な花畑が咲き誇っている気分だ。これではいけない。

深呼吸で気合を入れ直し、リュシーは改めて陳列されている商品に目をやった。その時。

「──アランソン伯爵家の若奥様でいらっしゃいますか？」

背後から声をかけられ、振り返った先には見覚えのない男が立っていた。

一目で仕立てがいいと分かる上質な装いに身を包んだ紳士は、柔和な笑顔で佇んでいる。高級店に出入りし慣れているのか、落ち着いた所作が板についていた。

中肉中背で顔立ちはごく普通。これといった特徴はない。ただし燃えるような赤髪が印象的で、そこにばかり目がいってしまった。

「あの……？」

まるで知らない人物だ。リュシーは瞬時に父と付き合いがある者や、結婚式に出席してくれた貴族の顔を頭の中で検索したが、そのうちの誰にも引っかからない。

だいたい年齢も不詳で、まだ三十代にも見えるし、五十を超えているようにも感じられる。姿勢や格好は若々しさがあるのに、どこか老成した雰囲気が漂っているからかもしれない。

それは、油断ならない空気と言い換えてもよかった。

「ああ、これは失礼。初対面なのについ声をかけてしまいました。私はとある商会を率いておりますイーロン・クリーガーと申します。今、アランソン伯爵家は破竹の勢いでかつての栄光を取り戻していますからね。新たに一族に迎え入れられた若奥様に、興味があったのです。そこでご挨拶だけでもできればと」

「そう、ですか」

リュシーの戸惑いを察したのか、男が優雅に腰を折った。

その物腰に粗野なところは一つもない。むしろ洗練されていて、それなりの教育を受けているのが感じられた。だが。

——何だか、含みのある言い方……

遠回しに『没落寸前だったくせに』と嘲られた気がする。それに人妻に対し『興味がある』と口にするのは礼儀に反するのではないか。たとえ深い意味がなかったとしても、あまり気分がいいものではなかった。

「商会を営んでいらっしゃるのね。ですが仕事に関することでしたら、直接夫にお話しくださいませ。私は一切関わっておりませんの」

リュシーはやんわりと会話を打ち切ろうとした。

笑顔は非の打ち所がない男だが、彼からは言葉では説明し難い嫌なものが感じられたためだ。そういう人間は警戒するように、父と兄から教えられていた。

——私の人を見る目は、あまり信用ならないかもしれないけど……この方、少し苦手だわ。

仄かに漂う『嘘』の気配。強引に私的な距離感へ入られたことも、いい気はしなかった。

それにリュシーはあまり男性と接したことがなく、こういう場合にどう対応すればいいのか分からない。父や兄、フェリクスとも違う男の出現で、すっかり動揺してしまった。

「いえいえ、営業をするつもりはありません。今日は偶然若奥様をお見掛けし、本当にご挨拶をしたかっただけです」

そう言いつつ挨拶を終えても離れようとはしない男に、内心困り果ててしまった。

——無理に振り切るわけにはいかないし、店外に出ようにもついて来られたら面倒だわ……いっそ店員に助けを求めようかと思ったが、運悪く皆接客中。だが次の瞬間、リュシーと男の間にメイドが身を滑り込ませた。

「若奥様、間もなく迎えの者が参ります」

「え？　あ、そ、そう」

「もうお帰りになるのですね、残念です。では私はこれで失礼します」

メイドの強引な介入に鼻白んだ顔をしたものの、男は恭しくお辞儀し、ようやくリュシーから離れ店を出て行った。何か購入した様子はない。それは、目的は果たしたと言わんばかりの後姿だった。

——何だか私に声をかけることが目的で入店したみたい……まさかね。

考え過ぎだと思っても、胸の内側がザラリとする。無意識にリュシーは、男の立ち去った方向を見つめていた。

「若奥様、大丈夫ですか?」

「ええ。もう迎えの馬車が到着したの?」

「いいえ、今のは方便です。若奥様が困っていらっしゃるように見えたので……勝手な真似をして申し訳ありません」

——ああ……私があの男をあしらいかねていると察して、助けてくれたのね。使用人の立場だと、万が一相手が貴族であれば大変なことになりかねないのに……

本当にアランソン伯爵家の使用人たちはとても優秀だ。気が利くし、献身的だった。

「ありがとう。お礼に貴女にも何かあげたいわ。ここでお義父様の贈り物を選んだら、女性ものを扱う店に寄りましょう」

「え、そんな。当然のことをしたまでです」

「いいの。私がそうしたいのよ。その代わりお義父様へのプレゼントについて、一緒に悩んでもらうわよ」

冗談めかしてリュシーが告げれば、恐縮していたメイドもやっと笑ってくれた。

「さ、気合を入れて選ばなくちゃ。責任重大だわ」

気分を入れ替えるため、わざと明るく振る舞う。そうしているうちに、リュシーはいつの間にか先刻の男のことを頭の隅に追いやった。


朝目覚めると、隣に愛する人がいるなんて夢のようだ。

しかも尋常でなく綺麗な顔は、鑑賞に値する。

今朝もリュシーは、瞼を押し上げるなり飛び込んできた美形の笑顔で、最高の朝を迎えた。

「おはよう、リュシー」

「おはようございます、フェリクス様……」

寝起きで万全とは言えない自分とは違い、彼は目覚めた瞬間から完璧に整っていた。

やや乱れた髪すら、計算し尽くされた芸術かと見紛《みまご》う。

己の顔に目やにや涎《よだれ》の痕が残っていないかをさりげなく確認したリュシーは、改めて笑顔になった。

「私が起きるまで見ていたのですか？　起こしてくだされればよかったのに」

「君の寝顔を見つめていたかったんだ」

朝から甘い台詞を囁かれ、頬が上気する。日々、大盤振る舞いの糖分は、今日も健在だった。まだ明けきらない早朝の空気の中、ベッドに横たわったまま手足を搦め合う。昨晩も濃厚な夜を過ごしたけれど、リュシーの身体に不快感は残っていなかった。おそらく、意識を飛ばした自分の代わりにフェリクスが後始末をしてくれたに違いない。

——今でも恥ずかしいのは変わらないのに……段々慣れてきている自分が怖いな。

大好きな人の胸に抱かれて眠り、目を覚ませば髪を撫でられ甘やかしてもらえる。こんな贅沢を普通だと勘違いしたら、これから先一人寝なんてできなくなってしまうかもしれない。

まかり間違って喧嘩をした日には……と想像しかけ、リュシーはブルッと全身を震わせた。

「私も大概早起きだと思いますが、フェリクス様もなかなかですね。今のところ、勝てた例がありません」

「僕は短い睡眠で事足りてしまうからね。リュシーはもっとゆっくり眠っていいのに」

「それだと損をした気分になるのです。朝早く目覚めれば、その分活動時間が長くなりますもの」

「君らしいな」

微笑んだ彼がリュシーの額にキスしてくれる。

そのまま移動してきた唇に、こめかみや首筋も口づけられた。

「……ん、フェリクス様……」

「ここも赤く熟れて、美味《おい》しそうだ」

「あっ」

昨夜愛し合った名残で、裸のままの素肌を啄《ついば》まれる。チクッとした痛みが幾つも散り、赤い痕を残されているのだと分かった。

「メ、メイドに見られると恥ずかしいので、駄目です」

「そんな潤んだ目で言われたら、余計やめられなくなる」

「んぅっ」

乳房の頂の脇を強く吸われ、白い丸みに花弁が刻まれる。しっとりと汗ばんだ肌は、たちまち前夜の官能を思い出した。

「……ぁ、待って……」

「待てない。リュシーの可愛い声を聞いたら、君が欲しくて堪らなくなった」

「でも、もう朝です……！」

「起きなければならない時間にはまだ早いよ。窓の外も薄暗いじゃないか」

確かにいつもの起床時間には少し間がある。だがのんびり構えていられるほどでもなかった。

「メイドが起こしに来ます……！」

「彼女たちには、リュシーが起きるまで待機しろと厳命してあるから、大丈夫だよ」

「逆に言えばそれは、室内の物音に注意を払っているということじゃありませんか？」

思わず血の気が引き、リュシーは顔を引き攣らせた。

つまり、部屋の中で動きがあるかないか筒抜けということだ。それにメイドらは、リュシーの寝室に深夜フェリクスがやって来たことも当然把握しているはず。仕事ができる彼女たちがそれを見逃すわけがなかった。

「僕たちは夫婦なんだから、何をそんなに照れることがある？」

「だって……下手をしたら、扉の向こうで——ま、待たれてるってことですよね？」

想像するだけで今度は頬が上気する。どんな拷問だ。

執務室での一件はごまかしがきいたとしても、寝室は無理だ。新婚の若夫婦が朝から盛り上がったことが、一目瞭然ではないか。

「そうだとしても、何か問題があるか？」

「大ありです。——ぁ、あるって言っているのに、ちょっと待ってください……！」

互いに横臥《おうが》し向かい合っていた体勢から、彼が素早くリュシーに覆い被さってきた。フェリクスも生まれたままの姿なので、人肌が直接擦れ合う。

その生々しい感触がリュシーの下腹を騒めかせた。

「僕はないよ」

「私はあるんです！」

涙目で反論するリュシーに、彼の蕩けそうな甘い眼差しが注がれる。

心底嬉しそうに微笑んだフェリクスが、大きな手でこちらの頬を撫でてきた。

「こういうポンポンと言葉が飛び交うやり取りは最高だね。気心が知れている証だ。昔からメクレンブルク子爵家へお邪魔する度、君とロイが仲良く言い合っているのが羨ましかった。いつか僕ともそんなふうに話してくれたらと、夢見ていたんだ」

うっとりと頬を染めて、懐かしむ口調で語るフェリクスがあまりにも官能的で目が離せない。

リュシーの全身も、じわじわと熱を孕んでいった。

「な、生意気だと思いますか?」

「とんでもない。魅力的だよ。何を考えているのか全く分からない、見てくれだけで空っぽの女性は僕の好みじゃないんだ」

鼻先同士を擦り合わせ、吐息が混じる。見つめ合ったまま交わしたキスは、体内の疼きを加速させた。

髪を梳かれながら四肢を絡ませ、少しずつ触れる面積を広げてゆく。合間に飽きることなく口づけを繰り返した。場所は、それこそどこでも。

したいと思った瞬間、前にあった場所に吸い付くものだから、腕であったり、鎖骨であったり、時には頭頂だったこともある。

「好き……フェリクス様」

「僕もリュシーを愛している。これからもこの先も、君だけだ」

囁かれる言葉が媚薬《びやく》になって、感度を高めた。まだ敏感な部分に触れられていないのに、早くも蜜口は潤《うるお》っている。

ゾクゾクと愉悦が溜《た》まり、リュシーは無意識のうちに腰をくねらせた。

「可愛い」

陶然と呟《つぶや》いた彼の手が、リュシーの足の付け根に忍び込んでくる。男の指先が内腿に沈み、焦らす動きで這《は》い上がるのを、今か今かと待ってしまった。

「……んッ」

蜜を溢れさせる花弁を摩られ、爪先がキュッと丸まる。期待が膨れ、呼吸が忙しくなるのを抑えられない。『もっと』と強請《ねだ》らないよう精々己を戒めるのが限界だった。

「この滴は、今溢れたものかな?　それとも眠りながら僕を欲してくれた?」

意地悪で淫蕩な質問には答えられず、ただお返しにフェリクスの背中を抓《つね》ってやる。残念ながら、贅肉《ぜいにく》のない彼の肉体にあまり摘まめる場所はなかったけれども。

「……っ、負けず嫌いなリュシーも好きだよ」

反撃されても楽しそうなフェリクスが、おもむろにリュシーの身体を弄り出した。

もう数えきれない回数暴かれているから、彼が知らない場所はないも同然だ。けれど毎回初めての夜と同様に慎重かつ優しく導いてくれる。

同時に熱心な探索を怠らず、肌を重ねる度に新たな発見もあった。

「ぁ、あ……ッ」

蜜芯を指先で小刻みに叩かれると、これまで知らなかった刺激が生まれる。強い快楽ではなくても、ねっとりと続けられれば愉悦が積み重なってゆく。

気持ちのよさが飽和するまでに時間はかからなかった。

「……アっ、ぁああッ……」

光が弾ける。

背を仰け反らせ達したリュシーは、指先まで戦慄かせた。すっかり淫らに躾《しつ》けられた身体は、フェリクスに対し素直に反応してしまう。

今だって口では駄目だと制止しながら、あっさりと陥落したのだ。

彼の声を聞くだけでも教え込まれた官能が思い起こされるのに、触れ合えば誘惑の威力はより強くなる。カーテンの隙間からは空が白み始めているのが窺《うかが》えたが、もはや中途半端に終えるのは不可能だった。

リュシーの肢体は火照り、体内が切なく収斂している。鼓動は疾走し、疼きを鎮められるのはフェリクスだけだと知っていた。

そして彼もまた同じだけ発熱し、息を弾ませている。リュシーを求め、雄の顔をしていた。

「君のいやらしい顔を見られるのは、僕だけだ」

「ん、ぁ……ぅ、あ……ッ」

そそり立つ楔が身体の中心を貫く瞬間はいつも苦しい。圧迫感で一気に肌が粟立った。

大きく脚を開かれて、フェリクスが体重をかけてくる。泥濘に硬いものが埋められ、濡れ襞がゆっくり擦られた。

「ぁああ……っ」

殊更時間をかけた挿入だったせいか、互いの腰が隙間なく重なった瞬間、リュシーは詰めていた息を吐き出した。

何度も深呼吸して、胸が上下に揺れる。それだけで淫道にある剛直を咀嚼している気分になり、悦楽が膨らんだ。

「……リュシーの中は温かい。ねぇ、いっそ今日は一日中ベッドで過ごそうか」

「ふ、ぁ……っ、駄目……っ」

とんでもない発言に小言を返そうとしたけれど、快感が大きくまともな言葉が紡げなかった。

むしろ声を出したことで、喜悦が増す。話す振動だけで達してしまいそうになり、リュシーは慌てて口を噤《つぐ》んだ。

「だけど君は仕事を蔑ろにする男が嫌いだから、叱られてしまうかな」

分かっているなら、愚かな提案をしないでほしい。

――ううん。わざと私を虐めているんだわ。だって、私が何か言おうとする度に、少しだけ腰を動かすなんて……！

どう考えても確信犯だ。奥を小突かれると弱いリュシーを的確に追い詰めてくる。

悔しくて視線で不満を訴えれば、案の定凄絶な色香を垂れ流したフェリクスが笑っていた。

「んん……ッ」

「あまり激しく動くとベッドの軋みが響いてしまう。そろそろメイドが扉の向こうに待機していてもおかしくないよ?」

そんなことを言われては、迂闊《うかつ》に声も漏らせない。リュシーは咄嗟に自らの手で口を塞ぎ、息も殺した。

「無駄なのに」

愛しげに目を細めた彼がゆったりと動き出す。抜き差しするのではなく、深く穿ったまま腰を回され、リュシーの弱点が容赦なく抉られた。

フェリクスの切っ先は一番奥に届いている。そこを突かれると、いつもわけが分からなくなる場所だった。

「ぁ……はッ」

「中がうねっている」

「ひぁっ」

ビクッと四肢が痙攣し、愛液が体内から溢れ出した。

蕩けきった隘路は、激しく動かれなくても快楽を拾う。見つめ合い手を重ねれば、より興奮が募っていった。

「リュシー、気持ちいい？」

「んんッ、ぁ、ふ……ぁ、ああッ」

ろくに喋れないため、小刻みに頷いて肯定した。

繋がった場所からはひっきりなしに淫蕩な水音が響いている。掻《か》き出《だ》される蜜も量が増える一方だった。

「あ……ぁ、あんッ」

彼の律動に合わせ、自らも身体を揺らす。内側を掻き回されると、もう声を我慢しようという気持ちは薄れていた。

――こんなの、無理……っ
意思とは無関係に、快楽を知った女の身体は淫らに咲き誇った。愛する人を味わいたくて、下腹に力が入ってしまう。自分の内側で猛《たけ》る肉槍を喰《く》いしめ、余すところなく扱き上げる。

そうすることで大好きな人が快感を得てくれることが何よりも嬉しかった。

「……っ、リュシー、そんなに締め付けられたら、すぐに達してしまうよ」

「い、いいです。フェリクス様にも気持ちよくなってもらいたいです……っ、ぁ、ひぁッ」

それまで緩やかだった打擲が、突然荒々しいものへ変わった。

抜け落ちる寸前まで腰を引いた彼が、勢いをつけ剛直を突き立ててくる。激しく蜜窟を掻き嵩られ、リュシーは声も出せずに身体を打ち震わせた。

「僕をあまり煽らないでくれ。でないと理性が飛んでしまう」

「……ゃ、あ……ッ」

自分の淫路が騒めいていることが分かる。内側にいるフェリクスの昂ぶりに絡みつき、精を強請《ねだ》って蠢《うごめ》いていた。もっとと言葉より雄弁に告げている。

この世で最も愛する人で満たされる瞬間に思いを馳《は》せ、淫らに収縮を繰り返した。

「──もう、止まれないよ」

「あ……はぅッ、ぁ、あ、あああっ」

リュシーの両脚を肩に担いだ彼が、激しく腰を振る。肉同士がぶつかる音と蜜液を攪拌《かくはん》する音が室内に降り積もった。

フェリクスがリュシーの最奥を抉《こ》じ開《あ》けるように何度も突いてくる度乳房も揺れ、汗が飛び散る。ガツガツと腹の中を叩かれ、苦しさもあるのに法悦に支配された。

「も、駄目……っ、変になる……！」

「いっそ変になってしまえば、本当に僕だけのものになるね」

息を乱した彼が空恐ろしいことを宣ったが、それさえも快楽の糧になった。

肉芽を指で弄られながら蜜窟を苛まれ、同時に悦楽を注がれる。もはや全く声を抑えられていない。夢中で自らも腰を振りながら、リュシーは絶頂の階《きざはし》を駆け上がっていった。

「やぁああ……っ」

頭の中が焼き切れる。全てが破裂し、放り出される感覚があった。

腕も手も痙攣し、腹が波打つ。官能の海で溺れ、呼吸を思い出すまでに数秒必要だった。

「……は、ぁ……っ」

「……っく」

息を詰めた彼が、吐精の誘惑に耐えるためか動きを止めた。

淫道の中、猛々しいものがより質量を増す。内側を押し広げられる苦しさと逸楽が、達したばかりのリュシーを再び快楽に誘った。

「ぁ……まだ……」

「ごめん、もう少し……」

「ひぃ……ンッ」

繋がったまま身体をひっくり返され、リュシーはうつ伏せの体勢に変えられた。正確には尻だけ掲げた無様な姿勢だ。

突き刺さったままの雄芯が爛れた内壁をぐるりと擦り、初めて味わう動きが絶大な快楽を産む。とても堪えられず、リュシーは淫らに背をしならせた。

「ぁ……ああ……ッ」

こんな恥ずかしい格好で肌を重ねたことはなく、大いに戸惑う。フェリクスの顔が見えないことにも不安があった。

その上相手の姿を視認できないということは、次に何をされるのかも分からないという意味に他ならない。

「ふ、ぁ……っ？」

背骨を指先で辿られると、見知らぬ愉悦が込み上げた。背後から肩に息を吹きかけられ、湿った熱に翻弄される。かと思えば蜜壁を剛直で緩々とこそげられ、卑猥な声が漏れてしまった。

「……ァあッ、や、はぁあ……ッ」

至極ゆっくり引き抜かれ、また押し込まれる。みっちりと蜜路が埋め尽くされ、最奥を突かれ悶えるリュシーの花芽にフェリクスの手が伸びてきた。

「や、今触られたら……っ」

最も過敏な蕾を指先で転がされ、身体の奥から官能の滴が滴り落ちる。結合部から溢れた蜜液が、幾筋もリュシーの太腿を伝い、シーツを濡らしていった。

「きっともっと気持ちよくなれる」

「んぁッ、ぁ、あんッ」

弾かれるのも、押し潰されるのも、摩擦されるのも気持ちがいい。何をされても快楽に変換され、強く腰を掴んでくる彼の手にすら喜悦を覚えた。

閉じられなくなった口の端から唾液が溢れ、みっともなく喘いでしまう。淫蕩な嬌声が自分の口から発されたものとは到底信じられないのに、それは紛れもなくリュシー自身の悦《よろこ》びの声だった。

「ふ、ぁあああッ」

肌がぶつかる音が弾ける。淫靡な打擲音が鼓膜を叩き、ベッドの軋みが大きくなった。視界も揺れ、自らの身体を支えることも難しい。肘が崩れより結合部に負荷がかかると、凶悪な悦楽が限界を超えた。

「ぁ……あああ……ッ」

二度目の絶頂は、一度目よりも激しかった。

ふしだらに腰が動いて、リュシーは余すところなく愉悦を味わう。引き絞られた淫道では、彼のものを思いきり締めつけた。

「……っつ」

唸《うな》り声《ごえ》さえ魅力的なフェリクスがリュシーを抱きしめてくれる。

抱擁の腕は力強くこちらの胴に絡みつき、少しも逃げることを許してくれなかった。

――お腹の中が満たされる……

彼は欲望を吐きながらも二度三度腰を打ちつけ、その都度リュシーは快感に襲われ痙攣した。

真っ白に弾けた世界で、感じ取れるのはフェリクスのことだけ。

自分では決して触れられない場所で、熱杭が弾けたのが生々しく伝わってくる。

白濁がリュシーの内側に注がれ、染み込む感覚にもう一度高みへ押し上げられた。

「あ……ぁ、あ……ッ」

名残惜しげに肉槍が引き抜かれ、栓を失った蜜口から二人の混ざり合った蜜が溢れた。トロッとした淫液がリュシーの股を濡らし、同じもので彼の楔《くさび》も濡れている。

その様があまりに淫靡で、リュシーは突っ伏したまま首だけ振り返り、官能の息を吐いた。

「──リュシーは、僕の宝物だ」

慈しむキスを贈られ、身体の内も外も彼で満たされるのが嬉しい。幸福感に包まれ、もう一度微睡《まどろ》みたくなる。

だが既に窓の外には朝がやってきていた。

「……フェリクス様、流石にそろそろ起きないと、仕事に遅れてしまいます……」

未だ整わない息の下から、リュシーは懸命に訴えた。本音はもっとこうしていたいけれど、仕方ない。

恥ずかしい以上に、彼の評判を落としたくなかった。新妻に現を抜かし、仕事を放り出しているなどと噂されては目も当てられないではないか。

「ふふ、リュシーのそういう生真面目さも好きだよ」

フェリクスも離れ難く感じてくれているらしく、最後に贈られた口づけはとても甘く執拗だった。それだけでもう胸のときめきは止まらなくなる。身支度のため身体を起こした彼の背中がとても美しくて、尚更リュシーの動悸《どうき》は加速した。

――駄目、ポヤッと見惚れていないで、新妻らしく夫の支度を手伝わないと！

昨夜近くに放り出していたガウンをひとまず拾い上げ、素早く身に纏う。ぼさぼさの頭を気にしつつ、リュシーは張り切ってベッドから立ちあがろうとした。

「そういえば、先日の買い物は楽しかった？　君が買い物に出ること自体珍しいけれど、結局自分のためには何も購入せず、傍付きのメイドに靴下を新調したらしいじゃないか」

シャツを羽織った彼が何の気なしに聞いてきて、リュシーが思わず硬直するまでは。

先日の買い物とは、義父への贈り物を選びに行った日のことだろう。他には外へ出ていないし買い物もしていないのだから間違いない。

――別に私がお義父様へ何か贈っても、悪いことではないしフェリクス様は怒らないと思うけど……

何となく、言わない方がいい気もした。義父の好みを彼に聞いて『分からない』と告げられた際、そう思ったのだ。

リュシーとしては気を配っているつもりでも、相手にとって大きなお世話は充分あり得る。独りよがりな善意で、誰のことも傷つけたくはない。それにまだ義父のために選んだ品は送っていなかった。

――注文は済ませてあるけれど、取り寄せるのに一週間はかかるから……

故に報告するほどではないと判断していた。

「えっと……はい」

仄かな疚しさを抱いたせいか、何とも曖昧な返事しかできず、リュシーは言い淀んだ。そしてフェリクスは妻のそんな態度を見逃してくれる人ではなかった。

「どうした？　何か、言いたいことがある？」

むしろ言いたくないことならある。

しかしそんな本音は口にできず、振り返った彼からリュシーは顔を背けた。

「別にありません」

「……あると、顔に書いてある」

「そんな馬鹿な」

嘘に決まっているのに、つい自分の頬に手を当ててしまったのは、リュシーの失敗だった。これでは『身に覚えがあります』と白状しているようなものだ。

「欲しいものが見つかったが、とても高価なもので悩んでいるとか？」

「散財するつもりはありません。無理をしないと手に入らないものは、身の丈にあっていないということですもの」

大して物欲がないリュシーは、借金してまで買いたいものなんて一つもなかった。父親が叩《たた》き込《こ》んでくれた経済観念のおかげで、お金に関する感覚は商人並みにしっかりしている。

「それじゃ、何かな。……僕に言えない秘密があるのか？」

フェリクスの双眸が、スッと細められる。

どこか冷徹な色を帯びた眼差しに、リュシーは肩を揺らした。

シャツを羽織った彼が無表情のままベッドに近づいてくる。座った状態のリュシーは、上から見下ろされる状態になった。

「……聞いた話では、紳士ものを扱う店に行ったそうだね」

「……っ」

一応メイドに口止めはしておいたが、主に問われれば秘密を守り通すのは難しいに決まっている。それに、御者には特に何も言っていなかったことを思い出し、リュシーの血の気が引いた。つまり自分の行動はとっくにフェリクスへ報告されている。

――あ……どうしよう。お義父様へ何か贈りたかったと、素直に全部打ち明けた方がいい？　でも……フェリクス様は気に病むかもしれない。私のせいで父息子関係が余計気まずくなったら、最悪だわ。

一瞬の迷いの間に、彼の表情は一層強張ったものになった。

「言えないことなのか？　――店内で妙な男に絡まれたとも聞いたが」

「あ……」

思わず『そっち？』と言いかけ、リュシーは言葉を呑み込んだ。

てっきり、義父との関わりについて咎《とが》められる可能性ばかり考えていたせいで、あの日出会った男のことは、欠片も頭になかった。

完全に忘れ去っていたし、名前も顔もろくに記憶していない。辛うじて頭に引っかかっているのは、印象的な赤い髪だけだった。

「——ないと信じているが、待ち合わせしていたわけではないよね？」

「当たり前です。完全に初対面です。今まで見たことも話したこともありませんでした！」

そこは誤解されたくなくて、リュシーは先刻までのしどろもどろから一気に立ち直り、捲し立てた。

「何か商団？　商会？　を営んでいると言っていましたが、私は勿論父も取引したことはないと思います。名前にも聞き覚えはありません。新しい団体なのでしょうか」

有名な会社であれば、付き合いはなくても経営者が誰なのか耳に入ってくるものだ。ごく稀に表に出てこない者もいるが、その場合は堂々と挨拶なんてするはずがない。

だとすると、駆け出しの商会であると考えられる。顧客になりそうな相手に、片っ端から顔を売り込んでいると結論付け、リュシーは自分の考えをフェリクスに語った。

「おそらく高級店で待ち構え、誰かれ構わず声をかけていたのではないでしょうか。あの店に出入りするのは、一定以上裕福な者ばかりですもの」

「……なるほど、筋が通っている」

「当たり前です。真実ですから！」

彼はリュシーを信じていると言いながら、未だ硬い表情を崩さない。案外嫉妬深いフェリクスに、リュシーは慌てふためいた。

――このままでは、無実の罪を着せられてしまう。私は絶対に他の男性と密会なんてしていないわ……！

一万歩譲って、秘密の逢瀬を目論《もくろ》んだなら、人目につく場所なんて選ばない。ひっそりこっそりするのが当然だろう。

それはフェリクスも分かっているらしく、彼の態度からは本気でリュシーの不貞を疑っているのではないことが伝わってきた。それでも消化しきれない感情があるらしい。

「……相手の男は、随分しつこく君に話しかけたそうだが」

「でも、指一本触らせておりません。正直、たった今まで忘れていた程度の方です。私にはフェリクス様以外の男性について考える時間も惜しいのです」

リュシーが真剣に言い募れば、ようやくフェリクスの醸し出す空気から鋭さが薄れた。多少は納得してくれたのか、据わっていた目も穏やかなものに変わる。

「そう……すまない。君に接近した男がいると聞き、妬《や》いてしまった」

ほんのりと頬を染め、気まずげに視線を下げた彼は、途轍もなく可愛かった。

キュンッと胸が高鳴り、つい何でも許したくなる。事実無根の疑惑を吹っ掛けられたことも忘れ、リュシーは笑顔で「気にしていません」と告げた。

「朝から余裕を失って、我ながらみっともないな」

「いいえ、とんでもない。誤解を招いた私も申し訳ありませんでした。これからはそういったことがあれば、全てフェリクス様に話しますね」

「嬉しいけれど……逐一言わなくても構わないよ。夫婦でも秘密はあるものだ。二人の関係に影響しない程度のことなら、抱えていても問題ないと僕は考える」

──先ほど、私が密会を目論んだかもしれないという、ほぼゼロに等しい可能性で随分苛立《いらだ》っていらっしゃいましたけど……。

野暮《やぼ》は言うまい。彼が無意味な嫉妬を収めてくれたなら、これ以上刺激する必要はないと、リュシーは判断した。

一件落着。これでリュシーが何のために買い物に行ったのかは、曖昧にできると安心した次の瞬間。

「──それで？　君はその店で葉巻を求めたそうだが、いったい誰に渡すつもりかな？　僕もメクレンブルク子爵も、ロイも嗜まないはずだが」

「んんっ」

一度油断させておいて、改めて切り込まれると威力は絶大なものになる。

リュシーは顔を取り繕うこともできず、動揺を露にしてしまった。

——全て知っていたのに、情報を小出しにして私の逃げ道を塞ぐなんて……フェリクス様ったら、性格が悪いわ……！

しかも策士だ。まんまと掌で転がされた。

上手い言い訳も見つからず、激しく目を泳がせるリュシーに、わざとらしい笑顔で彼が首を傾げる。笑っているのに、笑っていない。いっそ無表情だった時の方がまだマシだったと感じる笑みだった。

「希少な葉巻を取り寄せて贈るほど、リュシーに親しい男性がいるとは知らなかった」

「そ、それは……」

「うん、それは？」

もはや笑顔の暴力だ。圧が尋常ではない。

リュシーは完全に冷静さをなくし、結果飛び出した自分の言葉に驚いた。

「私が試してみたかったのです！」

「——……え？」

いくら何でも、浅はかな言い訳に己自身が唖然とする。もっと他に、それっぽい理由を捻《ひね》り出《だ》せたはずだ。すぐには思い浮かばないけれど、『私が試す』よりはどんな支離滅裂な発言でも説得力があったのではないか。

フェリクスも斜め上すぎる解答だったようで、目が丸くなっていた。

――私の馬鹿！　女性で葉巻を嗜むなんて、考えられないでしょう。

だが発してしまった台詞の撤回はできない。ここは強引に押し通すしかないと思い、大きく息を吸い込んだ。

「ええっと、その、店で話しかけてきた商会の男が、今後葉巻が貴婦人の間で流行《はや》ると言っておりまして……だったら一度挑戦してみるのも悪くないかと……」

めちゃくちゃな言い分を信じる人間がどこにいる。

ほんの少し前、リュシーは『男は営業目的で、裕福そうな人間に声をかけるため店内で待ち構えていたのではないか』と持論を展開したばかりだ。

ならば何故リュシーが紳士ものを扱う店にそもそも入店したのか、という話である。因果が崩壊している。不自然極まりない。通常、用がなければ足を踏み入れることがない場所だ。

明らかに言っていることがおかしかった。

それでも、上手な嘘とは『真実の中に本当に隠したい一点を混ぜる』方法と別に、もう一つ有効な手がある。それは『あまりにもトンチキかつ壮大な話でけむに巻く』だ。

元来正直者のリュシーに、緻密な作り話をこしらえるのは向いていない。だったらいっそ、大胆なホラを吹く以外、道は残されていなかった。

「今後女性陣も葉巻を楽しむようになるとしたら、いち早く試して流行に敏感だと褒められたいじゃありませんか。もしかすると、フェリクス様の事業に活用できるかもしれません。そこで私自ら女性が好みそうな品を見つけたいと思ったのです！」

言葉を重ねるほど、『お前は何を言っているんだ？』の気持ちが高まる。しかし止まらない。止まれば負けだ。

もはや何と勝負しているのか分からなくなりながら、リュシーは更に続けた。

「私、友人が少ないですから、これを話題にして注目を集めたかったんです。考えてみてください。女性だって甘いものが苦手な方はいます。だとしたら、口寂しい時に、何で埋めればいいのです？　そんな時こそ葉巻ですよ。これからの時代、固定概念に囚われてはいけません。女も葉巻を嗜む……いったい何が問題なのです？」

カッと目を見開いて、妙な熱量で語るリュシーは、明らかに少々おかしい。

客観視するまでもなく自分自身が一番分かっている。当然、不可解な勢いを真正面から受け止める形になったフェリクスは、もっと困惑したに違いなかった。

「……君がそんなことを考えていたとは、露ほども知らなかったよ……」

――私だって知りません。口から出まかせです。

勢いに気圧され、彼が忙しく瞬きを繰り返している。どうやら思考停止気味になったらしい。状況の整理に時間がかかっているのが明白だった。

――ごめんなさい、フェリクス様。お義父様がプレゼントを受け取ってくださったら、その時全てを打ち明けますので……どうかお許しください。

万が一義父に受け取り拒否されれば、親子の関係はますます歪になりかねない。だからこそ、第一段階としてリュシーの贈り物が義父の手に渡った後でないと事の経緯を打ち明けたくなかった。

フェリクス側に蟠《わだかま》りがあるように、義父の側に事情があっても不思議はない。その辺りの真実がリュシーには見えない分、慎重を喫するのが得策だと考えた。

「私だって、色々考えているのです。フェリクス様は私をよくご存じかも知れませんが、まだ見せていない一面だってあるのですよ」

「……それは楽しみだな。君はいつも新鮮な驚きをくれるが、これからも新しい発見を提供してくれるんだね」

リュシーの破綻した言い訳の全部を受け入れたわけではないだろうが、彼は笑ってくれた。見逃してくれたと言うべきか。

フェリクスは降参だと宣言する代わりに両手を上げ、肩を竦める。そんな気取った仕草も様になるから、厄介だった。

「分かった。そもそもリュシーが火遊びをするなんて初めから疑ってはいない。もし仮に他に心が移ったとしたら、君は正直に打ち明けてくれると信じている。だから今回は僕が引くよ。デイビスにもそう助言されているしね。妻の秘密の冒険ということで、手を打とう」

「勿論です。私はそんな不誠実でも不道徳でもありません」

「うん。詰問する真似をして、悪かった。僕を許してくれる？」

甘さを帯びた問いかけに、否と返せるわけがない。リュシーは笑顔で頷いた。

「よかった。リュシーを怒らせて、口をきいてもらえなくなったり実家に帰ると言われたりしたら、僕が生きていけなくなる」

「大袈裟ですね……私如きでフェリクス様の生死が決まるなんて」

「本心だよ。君は僕の全てだ」

仲直りは濃密なキスでなされた。舌を絡めることで愛情を伝え合う。

いい加減起床しなければならない時間なのを残念に感じるほど、身体が再び火照るのが分かった。

「――でも一つだけ教えてくれるか？　葉巻が貴婦人の間で流行《はや》るなんてリュシーに吹き込んだのは、いったいどこのどいつだ？　名前は？　どこに属しているかは聞いた？」

「えっと……名前は確か……クーリンだかイーロンだか……商会の名は聞いておりません。ごめんなさい、興味がなかったせいかろくに覚えていなくて」

「そうか……今後も似たような営業を続けるなら、どこかで問題を起こしそうだから注意しようと思ったが……」

男のことは、どうせ二度と会うことはないと思い、速やかに記憶の果てに追いやってしまった。おかげで辛うじて思い出せるのは――

「あ、そういえば鮮やかな赤い髪をしていました。あれほどの赤毛は珍しいのではないでしょうか」

染めていると言われても不思議ではない色味が、リュシーの脳裏によみがえる。

顔の造作はちっとも覚えていないのに、それだけはハッキリと思い描けた。

「……赤毛……？」

だが、ごく軽い調子で言ったにも拘らず、意外にもフェリクスが強い反応を示した。

笑みは消え去り、眉間に皺が寄っている。それどころか、張り詰めた空気が彼から醸し出された。

「フェリクス様……？」

「……他に覚えていることは？」

「え……年齢は三十代にも五十代にも見えました。若そうなのに、世慣れていてくたびれた感もあると言うか。体型や顔に特徴はなく、仕立ての良い服を着ており、所作も洗練されていたと思いますが……商人ではなく、貴族のようにも感じました」

平民でも高い教育を受け最上級のマナーを身に着けている者は大勢いる。しかしどこか付け焼き刃になってしまうことが多い。

対して、あの時の男性は生まれながらに上流階級に属していたかのような佇まいだった。

――含みがある言い回しは、考えてみたら社交界での会話に似ていたわ。

リュシーはそういうやり取りが心底苦手だ。だからあの時自分が不快に感じたのは、男が如何にも貴族的な話術を仕掛けてきたからかもしれなかった。

――ひょっとしたら、貴族階層出身だったのかしら？　三男以下になると家を継ぐ可能性が減り、自ら身を立てなければならないものね。商人になる者だって、いるかもしれない。

普通の貴族はあくせく働くことを忌避しがちだが、中には違う考え方をする者もいるだろう。そんなことをリュシーが考えていると、フェリクスが低く唸《うな》った。

「……まさか――」

「……？　どうかなさいましたか？」

彼のこんなにも険しい顔を、あまり見たことがない。苛立ちと焦燥が滲んでいた。もしかして、自分が何か怒らせる真似をしてしまったのか肝が冷える。せっかく仲直りして平和に終わったのに、どこで間違えたのか。

心細く泣きたくなったリュシーは、じっとフェリクスを見上げた。するとこちらの視線に気づいた彼が、気まずげに瞳を揺らす。

「……すまない、ちょっと考え事をしていた」

「考え事？　まさかお知り合いでしたか？」

赤髪と聞いた瞬間から、明らかにフェリクスは挙動不審に陥った。ならば思い当たる節があったのか。

——だとしても、ここまで過剰な反応をするかしら？　——過去に何かがあった、あまり関係がよくない相手なのかもしれないわ……

思い当たることと言えば、かつてアランソン伯爵家当主の座を巡り、フェリクスと争っていた傍系の誰かくらいだ。

しかしそれなら、男が何故リュシーに素性を明かさず話しかけてきたか不可解だった。素直に一族だと名乗ればいい。その方がリュシーだって警戒しないに決まっていた。

——私が誰だか最初から知っていて、かつ偽名を使った……？

こうなると男の言っていた商会が実在しているかどうかも怪しい。全て偽りだったと仮定したら、その目的は何だったのだろう。

——私に接触すること？　いったい何のために？

ゾッと背筋に震えが走る。名状し難い怖気が体内を駆け抜けた。

——考え過ぎかもしれないけれど……嫌な感じ……

無意識のうちに自らの身体を抱いたリュシーの腕へ、フェリクスの手が添えられた。そのままガウン越しの腕を摩られる。

布一枚隔てても感じられる彼の温もりが、竦んだ心を癒してくれた。

「……たぶん、君が気にすることじゃない。きっとアランソン伯爵家の次期伯爵夫人と知り合っておいて損はないと考えた商魂逞しい男だっただけだ」

「そ、そうですよね」

深く考える必要はないと告げられ、リュシーは同意した。けれど、心のどこかが完全には納得してくれない。フェリクスの嘘を敏感に嗅ぎ取り、騒めきが止まらなくなった。

——私には知られたくないということ……?

隠し事はこちらにもある。それでも、『する』のと『される』のでは随分違いがあるのだと知った。上手く言えないが、少なくとも気持ちのいいものではない。それも重大なことが伏せられている予感に、複雑な心地がした。

——フェリクス様は私を慮《おもんぱか》って、詳しく話さないのは理解している。でも、不安になるのよ。自身のことは棚上げなのは百も承知で、リュシーは不満を呑み込んだ。

以前の自分であれば我慢できず、ぶちまけていたかもしれない。秘密なんて嫌だと喚き、強引にフェリクスから話を聞き出そうとしたと想像できた。

——そういう意味では、私も大人になったのかな……

彼の気持ちも理解できるから、一歩引く。

いつかフェリクス自身が胸の内を語ってくれる時まで、待とうと決めた。

——我ながら、ちょっといい女っぽいわ……なるほど、これが成長ってやつなのね。私も人妻になって数か月。夫を立てるなんて成熟した女じゃない。

などとリュシーが悦に入っていると。

「――とりあえず、これからはしばらく外出を控えてくれ。来客も、よく知る相手でなければ受けなくていい」

「えッ」

自己満足に浸っていたリュシーは、彼の突然の台詞に唖然とした。

この流れでどうしていきなり『外出禁止』を申し渡されるのか、全く理解できない。そういう話ではなかったはずだ。

「そんな、困ります。近々お茶会に招待されていますし……アランソン伯爵家の人間として、社交は欠かせません。それに直前にお断りしたら、私の評判も悪くなります」

また生意気だと陰で囁かれる。今度は自分だけでなくフェリクスにも迷惑がかかると思い、リュシーは首を左右に振った。

「そんなもの、参加しなくても問題ない。断り難ければ、僕が妻を家から出したくなくて難色を示したと伝えればいいよ」

「そんなこと、尚更言えませんよ！」

ほぼ確実に面白おかしく噂されるに決まっている。アランソン伯爵家次期当主は色惚けたと言われる未来を想像し、眩暈がした。

――フェリクス様に恥をかかせたくないのに、本末転倒じゃない……！　だいたい、いくら何でも横暴だわ。

女が出歩くことを快く思わない男も確かにいる。だが彼はそういう輩ではないはずだ。

これまで特にリュシーの行動を制限しようとしたことはなく、むしろ自由にして構わないと考えていると信じていた。それ故、唐突に決められた規則には同意できない。

「せめて理由を説明してください」

「……君に何かあったら僕が耐えられない」

「何があるとお考えですか？　まさかひと昔前の支配欲が強い偏屈傲慢男のように、外は危険が一杯だから女は屋敷の中で一生を送るべしと思っていらっしゃるんじゃありませんよね」

だとしたら、離婚案件だ。流石に価値観が違いすぎて了承しかねる。

「そんなことは思っていない。リュシーの自由を尊重している。ただ——少しの間、一人にならないでくれ」

「だったら、メイドを同行させれば問題ありませんよね？」

「それでは不充分だ。せめて……護衛を最低五人はつけてくれ。もしくはロイに掛け合って、軍に警備してもらうか——」

「ちょ……っ、どんな警戒態勢ですか。王族だってもっと軽い感じですよ？　どこの世界に護衛を沢山引き連れてお茶会に参加する女がいます？　しかも軍だなんて、大袈裟にもほどがあります！」

やりすぎという表現でも足りないくらいだ。

女ばかりが集まって、情報交換の名のもとに茶を飲みながら愚痴や噂話をぶちまける場が、一気に物々しくなってしまう。これでは急遽《きゅうきょ》欠席した方が幾分マシな気もした。

「では、大人しく家にいてくれ」

「その理由を教えてくれれと、私は申し上げているのです」

話が堂々巡りになり、まず間違いなく、フェリクスはリュシーを煙に巻こうとしていた。それが悔しくて噛みつきたいのに、服を身につけた彼が部屋を出て行こうとするではないか。

「あ、まだ話は終わっていませんよ」

「では今夜時間が作れたら話そう。だが僕はしばらく忙しくて、食事も一緒に取れないかもしれない」

「逃げるおつもりですか？」

「心外だな。本当にやらなければならないことが山積みなんだよ。——急遽対応しなくてはならない案件もあるしね」

フェリクスを追いかけようにも、裸にガウン一枚では部屋の外へ出られない。

伸ばしたリュシーの手はあっさり躱され、彼は足早に立ち去ってしまった。

残されたのはリュシー一人。しかも間を置かずメイドがやって来たので、いつまでも憮然とした顔で不機嫌を垂れ流すことはできなかった。

——あああ、悔しい。

こんな一方的なやり方には納得できない。きちんと説明さえしてくれたら、リュシーだって聞き入れるのに。その手間を惜しまれたことが、何よりもこちらの矜持を傷つけた。

――夫婦とは、互いに理解を深め歩み寄るのが当たり前ではないの？　フェリクス様は世間に大勢いる『女を所有物』と見做す男とは違うと信じていたのに……！

騙された気分だ。

リュシーは枕を叩きたい衝動をグッと堪え、必死に怒りを鎮めようとした。

6　これから先も

監禁生活十日目である。

その間、リュシーがフェリクスと顔を合わせたのは三回だけ。しかも彼が出かける間際に数秒チラッと見かけた、という有様だった。

フェリクスに言いたいことは山ほどあって、次に会ったら不平不満をぶちまけようと勇んでいるのに、全て空振りに終わっている。そのせいで、最近リュシーは苛々を溜めていた。

——ああ、もう最悪。いくら忙しいと言っても、ろくに食事も一緒にとれないなんて、そんなの家族だって言える？　しかも私たち、結婚してまだ一年に満たないのよ。普通なら一番色々盛り上がる時期じゃない！

結婚当初は冷たい家庭を築いてやると息巻いていたことなどすっかり忘れ、リュシーは彼に放置されている現状を憂いていた。

仕事が忙しいのは仕方がない。大事な役目を放り出してまで自分に尽くしてほしいとは、リュシーだって思っていなかった。それでも、ものには限度があるのではないか。

——私には外に出るなと強制し、ご自分はほとんど帰って来ないって、どういう了見なの？

支配欲が強い偏屈傲慢男ではないとフェリクス自身が言っていたのに、実際にやっているのは真逆だ。妻を屋敷に閉じ込めて、自分は家に寄りつかない。こんな暴挙、リュシーに許容できるはずがなかった。

——今夜もお帰りにならなかったら、どうしてくれよう……最近デイビスまで私を避けているのが、余計に面白くないのよ……！

愚痴ろうにも、メイドたちに当たり散らすのは躊躇われる。かと言って、家族に手紙を書くのも嫌だった。

嫁いだ娘が婚家で蔑ろにされているなんて、両親が知れば悲しむに決まっている。

さりとてリュシーには他に、個人的な悩みを打ち明けられる友人がいない。つまり自分の中に抱え込み、じっと耐えるしかないのだ。これでは日々苛立ちが募るのも仕方がなかった。

——本当なら今頃、お茶会で人脈を広げて友達を作れていたかもしれないのに……寂しい。

実家にいる時はここまで同年代の友人を欲しいとは考えていなかった。兄や弟妹がいたから、さほど孤独を感じていなかったためだ。

母はおしゃべり好きで、メクレンブルク子爵家はよく言えば賑やか、悪く言えば煩かった。使用人と距離が近いこともあり、日々何がかんだ騒ぎが起こって、当時のリュシーは静寂や一人の時間に憧れを持っていたほどだ。けれど今は。

——一人になるのとされるのでは、全く意味が違うのね……

リュシーが求めれば、メイドたちは主人を楽しませようとあれこれしてくれるかもしれない。しかし今自分が欲しているのは、そういった『忠誠心』や『仕事』ではなかった。

——ううん、少し違うな……結局のところ私の侘《わび》しさは、フェリクス様以外に埋められないということなのかも……

満たされないと分かっていて、他者の手を煩せるのも気が引ける。

リュシーのためにメイドたちが心を砕いてくれても、余計に陰鬱な気分になることが想像できた。だからこそ、独りで抱え込むしかない。

しかし優秀なメイドたちはリュシーの鬱々とした気分を察してくれ、今日は主のために庭園内へテーブルとベンチを用意し、そこでのティータイムを提案してくれた。

揃えられた茶器、薫り高い茶葉、新鮮なミルク、座り心地のいいクッションに華やかな飾り付け。三段の皿に重ねられた菓子は趣向を凝らし、飽きないよう甘いものは勿論軽食も用意されている。

テーブルが設置されたのは、リュシーが気に入っている花が一番よく見える特等席。

日差しを遮るパラソルは新品なのか、初めて目にするものだった。

全てリュシーを喜ばせるために準備されたものなのは、間違いない。正直なところ呑気に茶を楽しむ気分ではなかったのだが、彼女たちの心遣いが何よりも嬉しかった。

「私のために……ありがとう」

「若奥様のお気持ちが、少しでも晴れますように」

——気楽にお喋りできる相手がいたらもっと最高だったけど……人を呼ぶのも基本的に禁止されているから、仕方ないわね……

母なら屋敷へ招いても許してもらえるが、手紙を出したくないのと同じ理由で躊躇われた。妹たちはまだ幼く、他家へ遊びに来られるほどマナーが身についていない。

そうなると、必然的にリュシーは一人を選択せざるを得なかった。

——私ったら、いつの間にかフェリクス様がいないとすっかり駄目になってしまったのね。

こうしていても、心に浮かぶのは彼のことばかり。自分を屋敷に閉じ込めてろくに説明もしてくれないことを怒っているのに、それでも恋しかった。

だからこそフェリクスの言葉を無視して強引に外出する気は起きない。一応、彼は何か理由があって、この理不尽を自分に強いていると理解はしているのだ。

——分かってはいるのよ。だけど……上手く消化できないの。

大好きなはずの茶が味気なく感じられ、美味《おい》しそうな菓子はいまいち食欲が湧かない。これではいけないとリュシー自身も痛感している。

だがどうにもならず、無為に十日間が過ぎてしまった。

「……少し、庭内を散策するわ。一人にしてくれる？」

付き添いはいらないと告げ、リュシーは椅子から腰を上げた。

今のところアランソン伯爵邸の中と、庭園内だけがリュシーの自由に動き回れる場所だ。その上、どこにいても『護衛』という名の視線に晒されている。

――屋敷の中でまで、そんなに警戒する必要があるのかしら……

溜まってゆく息苦しさを解消するため、短い時間でも一人になりたくて堪らない。

とは言え、職務に忠実なメイドは難色を示した。

「……少し離れた場所から、見守らせていただきます」

「分かったわ。ただ……できるならあまり人の気配を感じたくないの。貴女たちが嫌なわけでは決してないけれど、ごめんなさい」

馬鹿正直にリュシーが告げれば、メイドは逡巡《しゅんじゅん》の末「かしこまりました。それでは短い時間でしたら……完全に離れております」と頭を下げた。

「……ありがとう。いつかまた、一緒に買い物に行きましょうね」

深く首を垂れたままの彼女を残し、リュシーはゆっくり生垣の間を抜けた。

アランソン伯爵家は経済的に困窮しても、タウンハウスを手放さなかった。だからこそ余計に内情が火の車になったとも言えるが、おそらく歴史ある美しい館を維持することが、最後の矜持だったのだろう。

――フェリクス様も、ここをとても気に入っているようだし……でもいつかは領地に私も連れて行ってくださるかしら？

それがいつになるかは誰にも分からない。様々な問題やしがらみが絡んで簡単には動けず、フェリクス自身も雁字搦《がんじがら》めになって身動きが取れなくなっている気がした。

――まるで蔦《つた》ね。アーチに絡む蔓《つる》のよう――……ん？

目的もなく歩きながら何気なく視線をやったアーチの向こうに、リュシーは一人の男性を見つけた。

人払いをしたにも拘らず、じっとこちらを見つめ立っている。庭師でないことは、男の格好から明らかだった。

平民の服装ではない。それなりに裕福な者の装い。おそらく貴族かジェントル階級。しかし来客があるとは聞いておらず、リュシーは首を傾げた。

――誰だろう？　デイビスが許可したの？　今日はフェリクス様が不在なのに？

何らかの業者であるとも考えられる。とは言え、上質な身なりに違和感を覚え、リュシーは何とはなしに足を止めた。すると。

「――先日はどうも。若奥様」

「え？」

男から親しげに話しかけられ、リュシーは当惑した。見覚えのない相手の顔を改めて確認する。どこかで会っているのに忘れているのなら、大変だ。

だがしげしげと見つめても、面識があるとは思えなかった。

「あの、どなたですか?」

貴族の邸宅で妙に堂々としている男の様子は、さながらここが自分の居場所だと言わんばかりの自信に満ちている。まるで気後れのない様に、リュシーの困惑は膨らんでいった。

何か、齟齬《そご》を感じる。具体的な理由は不明でも、『この場を立ち去りたい』気持ちが急速に大きくなった。

けれどそんな内心の焦燥を気取られたくなくて、リュシーは後退りたがる両脚を懸命に踏ん張る。背中を向けてはいけない。直感が、そう叫んでいた。

「お忘れになってしまいましたか? ひどいなぁ。私です。イーロン・クリーガーです。ご挨拶させていただいたではありませんか」

「あ……——え?」

言われて初めて、これといった特徴がない男の姿がぼんやり脳裏に浮かんだ。だがどうしても眼前の男と重ならない。

何故なら、今リュシーの目の前にいるのはありふれた焦げ茶の髪を持つ人物。あの日話しかけてきた鮮やかな赤毛とは、似ても似つかなかったのだ。

「ああ、髪を染めたので、印象が変わってしまいましたか。案外、記憶力が可愛らしいのですね」

優雅な物言いの中に交じる、底意地の悪い嫌味。どこか信用ならない臭いを、リュシーは嗅ぎ取った。

──どうしてこの方がいるの？　敷地内に他人が勝手に入れるはずはない。門をくぐるには許しが必要なはず。それに商人であれば、自分を覚えてもらうため特徴的な髪色を短期間で変えるかしら？　赤い髪のままであれば、私だってすぐ気づいたのに。

不可解な疑問がリュシーの心をザラリと撫でた。

他にも奇妙なことは沢山ある。商談にきたとすれば、取引相手は誰で、今どこにいるのか。もしデイビスだとしたら彼が客人を屋外に放置する意味が分からなかった。

それに普通、初めての場所では人は少なからず委縮するものだ。だがイーロンと名乗った彼はとても落ち着き払っている。何なら、よく知る場所だと言わんばかりだった。

──何度も来たことがある？　いいえ。そんなはずはない。もしこの方がアランソン伯爵家によく出入りしていたのなら、店で私に話しかけてきた際、メイドが気づくはずだもの。

全てが微妙にズレている。

リュシーの視線に強い疑念が混ざったのが、男にも伝わったのだろう。彼は双眸を細め、口角を吊り上げた。

しかしそれを、笑顔とは呼びたくない。リュシーを嘲る本音が滲んでいたからだ。

「……熱心に見ていますが、私の髪色がそんなに気になりますか？」

「何故染めたのだろうと、思っています。商人でしたら、顧客に覚えてもらうのは大切なことですよね。ご自身の特徴である髪の色を変えるのは、得策ではないのではありませんか」

「確かにその通りです。ただ、今回は『覚えられていては困る』事情がありましたので。ここの使用人は随分入れ替わりましたが、デイビスはまだいるでしょう？　あの男であれば私の顔を覚えているでしょうし、小賢《こざか》しいフェリクスが『赤毛』を警戒しろと命じている可能性がありますから」

芝居じみた仕草で両手を広げた男が、いやらしい笑みを浮かべる。だが先刻までの瞳が全く笑っていない作り笑顔よりも、よほど本物だと感じられた。

「貴方は……誰ですか」

「イーロン・クリーガーと二度も名乗りましたよ？」

「……本当の名は？」

小馬鹿にしたように肩を竦められても、リュシーは怖気づくまいと喉に力を込めた。

相手のペースに乗せられては駄目だ。これ以上男からの接近を阻むつもりで、リュシーは傲然と顎をそびやかした。

「……生意気な女だな」

「私はアランソン伯爵家、次期当主の妻です。偽名ではない名を白状なさい。できなければ人を呼びます」

あえて傲慢に振る舞い、男と自分との立場の差を見せつけた。彼の言動から考えて、明らかにリュシーを下に見ている。だからこそ屈辱感を与え、揺さ振るつもりだった。

「……フェリクスの女の趣味は最悪だな。こんな小賢しく喧《やかま》しい女のどこがいいんだ。まぁ母親も下品な女だったから、その程度がお似合いなのか」

案の定、余裕ぶっていた男の顔が憎々しく歪む。

もはや疑う余地もなく、この男は招かれざる客だ。

つまりはフェリクスの敵対者。ひいてはアランソン伯爵家に仇《あだ》なす者。そしてリュシーを害する危険がある存在だった。

――フェリクス様が警戒していたのはこの男だったんだ……！

「……私を愚弄するつもりですか？　後悔しますよ」

「随分ふんぞり返っているじゃないか。まさかご自分が私よりも格上だと？　だったらとんでもない勘違いだ。本来ならここの主は俺なのだから！」

自身の呼び方を『私』から『俺』に変えた男は高らかに哄笑《こうしょう》した。見つからないようコソコソ隠れるつもりはないらしい。本気で己がアランソン伯爵家の主だと信じているのが窺えた。

――……ここの主ですって？　そんなことを言う可能性があるのは……まさか――

「義兄の俺に命令とは、立場を分からせてやらねばならないな。初めにきちんと躾けないから、女にこんな大きな顔をされるんだ」

「グスタフ様……？」

未だ一度も会ったことがない親族。話の中でしかリュシーは彼を知らない。更に言えば、今後も関わる機会は巡ってこないと思っていた相手。それが、どうしてかここにいた。

「へぇ。俺の名前くらいは聞いていたのだな」

「領地の修道院にいらっしゃるはずでは――」

「あんな最悪なところ、アランソン伯爵家を継ぐこの俺に相応しくない。何が悲しくて押し込められねばならない。俺は正当な権利を得るために、修道院なんざ抜け出してやったのさ。もっとも、厳格さを売りにしている奴らが神の離反者を出したとは認めないだろうから、フェリクスはまだ俺が消えたことを知らないんじゃないか。そう考えると痛快だな！」

リュシーが口を挟む隙もない勢いで一気に捲し立てられ、思わず気圧された。咄嗟に何も言葉が出てこない。混乱に拍車がかかり、頭の中が真っ白になる。

それでも、合点がいったこともあった。

――グスタフ様なら、この屋敷のことは私よりも詳しいはず。過去には何度も訪れたはずだもの……私が知らない出入口や方法をご存じでいても、おかしくはないわ。

金を握らせれば侵入を手助けしてくれる伝手《つて》がある可能性もあった。

「……正当な権利とおっしゃいましたね。ここへはどんなご用事でいらっしゃったのですか」

「決まっている。偽物の後継者を追い出して、正統な血筋の俺が帰ってきたと見せつけるためだ。そのためにお前を人質にする」

「な……っ」

まさかグスタフの目的が自分だとは思っておらず、リュシーは瞠目した。咄嗟に身を翻して逃げようとしたが、もう遅い。一気に距離を縮めてきた男の腕に、背後から拘束された。

「放して……！」

「お前を交渉材料にして、フェリクスに後継者の座を譲らせる。どうやらあいつは、昔からお前に執心しているらしいからな。一度は遠ざけて守ったつもりだろうが、結局こうして手に入れなければ収まらなかったってことか。女如きに馬鹿な奴だ」

「私のことも、以前から知っていたのですか……？」

「当然だ。フェリクスの周りにいる人間に関しては、修道院に閉じ込められている間も情報を集めさせていた。特にお前の話はよく聞いたぞ。友人の妹としてだけではなく、この上なく大事にしていると」

己が関知していないところで、調べられていた事実にゾッとした。

「……フェリクス様や彼の周囲の人間を監視していたの……」

「当然だ。あいつの弱点が分かれば利用できる。残念なのは、もっと以前にお前がフェリクスにとってのアキレス腱《けん》だと知っていたら、結婚前に色々手を打てたってことだ。あの夜会で、手酷くお前を振ったもんだから、すっかり騙された」

「何故、そのことを……」

「当時も俺を支持する勢力はあった。金を握らせれば手足になる人間はいくらでもいる。――まぁ、父上にバレて、その後は余計に監視が厳しくなり難儀したがな」

――ああ、あの夜のフェリクス様の判断は、正しかったんだ……！

誰かが聞き耳を立てているのを警戒し、本心を隠してリュシーを拒絶してくれたから、自分は守られたのだと胸に迫った。

何も知らず憎んだ自身が恥ずかしい。彼は全身全霊でリュシーを大切にしてくれていた。もし、リュシーの父から結婚の打診をされなければ、生涯隠し通すつもりだったに違いない。

それなのに自分は何も知らないままフェリクスへの誤った怒りを滾らせ続けていた。

――フェリクス様が戦っていた相手は、こんなにも狡猾《こうかつ》で執念深かったのね……そして今回もあの人は私を守ろうとしてくれた。

「俺が試しにあの店でお前に話しかけてみたら、案の定フェリクスは警備体制を強化した。それだけお前に執心らしい。弱みとしては最高の駒だ」

リュシーの腹を押さえていたグスタフの手が、いやらしく円を描く。ぶしつけな動きに怖気が走ったのは言うまでもない。フェリクスが相手であれば夢見心地になれる行為でも、別の男が相手であれば、悍ましさしか感じなかった。

「は、放しなさい！」

「大人しくしていれば、悪いようにはしない。当初の予定ではお前の寝室に忍びこんで待つつもりだったが、庭園で会うとは予定が狂った。だが考えてみれば悪くないな。どちらにしろ、結果は同じだ」

「……っひ」

耳殻をしゃぶられて、肌が総毛立った。吐き気も込み上げ、涙が滲む。

今やグスタフの手は更に上昇し、リュシーの胸を力任せに揉んでいた。浅ましく興奮した息を吹きかけながら、腰を押しつけてくる。

男の目的が察せられ、リュシーは目の前が真っ暗になった。

――フェリクス様以外の男なんて、絶対に嫌……！

しかも、彼を引き摺り落そうとしている敵だ。言いなりになるなんて、最もあってはならない。窮地を脱するため、リュシーは必死に頭を巡らせた。

――大声を出せば、誰かが駆けつけてくるはず。だけどこんなところを目撃されたら、何て思われることか……それにグスタフ様がアランソン伯爵家の長子であることは間違いない。だとしたら、使用人たちが彼に逆らえる……？

主従関係に忠実で、職務に熱心だからこそ、彼らは身のほどを弁えている。そうでなかったとしても、平民が貴族に危害を加えたとなれば、大きな罪に問われるのは必至。そんな危険を彼らに負わせたくなかった。

「……こ、こんな場所では嫌です。もっと静かなところへいきましょう」

意図的に声を鼻にかけ、リュシーは背後の男を振り返った。

グスタフが、突然抵抗をやめたリュシーを疑わしげに眺めたのは、ほんの一瞬。

慣れない媚など通用しないかと諦めかけたが、彼はすぐにだらしなく相好を崩した。

「何だよ。お前もその気になったのか？　調べたところじゃ、フェリクスはしばらく屋敷に戻っていないそうだものなぁ。新婚なのにほったらかされ、欲求不満だったたってわけか」

鼻息荒く発情していた自分自身を棚上げし、グスタフがリュシーを貶めにかかる。叫び出したい嫌悪感を押し殺し、リュシーは無理やり唇を綻ばせた。

「ええ。だからじっくり楽しめる場所に行きましょう。邪魔されたくないもの。そろそろ私付きのメイドが探しに来てしまうわ」

「ははっ、とんだ淫乱だ。フェリクスもそういう奔放さで籠絡したのか？　あいつも所詮普通の男だったたってことか！」

下品な笑い方は、半分とはいえフェリクスと血が繋がっているとは信じられなかった。顔立ちだって、何度見ても似てやしない。少しもフェリクスの面影を見つけられず、リュシーはえずきそうになる度に深呼吸しなくてはならなかった。

——一度しかお会いしていないけれど、お義父様とも全く似ていない。

だが今はそんなことを考えている場合ではない。どうにか時間を稼ぎ、打開策を練らなくては。間もなくメイドたちがリュシーを探し始めるはず。せめて大勢の目に留まり、騒ぎになるのは避けたかった。

——私が見つからなければ、きっと誰かがフェリクス様に連絡を取ってくれる。そうでなくてもデイビスにこの件が伝われば、最善の手を打ってくれると信じているわ。

もはや自分が無傷で終われるとは楽観視していない。それならせめて、アランソン伯爵家の醜聞を抑え込み、あわよくばグスタフを完全に排除しようとリュシーは誓った。

——フェリクス様……かつて貴方が私のために心を殺して辛い選択をなさったこと、感謝しています。今度は私が貴方を守る番……！

拳を握り締め、リュシーは歩き出す。

グスタフの拘束は緩んだが、代わりに背中にナイフが当てられた。

「妙な気を起こせば、容赦なく刺す。こっちは別に、生きてさえいればいい。五体満足である必要もないからな」

「無謀な真似はいたしません。私も自分が可愛いですから」

精々卑屈な女に見えるよう、歪に唇を歪める。

リュシーを屈服させたと信じ込んだ彼は、上機嫌になった。

「やはり女は従順なのがいい。下手に意思など持とうとせず、男の所有物として弁えていれば、可愛がってやる」

リュシーが最も忌み嫌う系統の意見を滔々《とうとう》と語り、グスタフがナイフで軽く背を突いてくる。

本音では今すぐ振り返って正論をぶちまけたかったが、リュシーは歯を食いしばって耐えた。一時の衝動や正義感で、好機を逃しては意味がない。事態が好転するまで、何としても時間を稼ぐつもりだった。

「屋敷の中へ参りましょうか？」

「そうだな。邸内のことなら俺が一番よく知っている。秘密の通路や抜け穴……普段あまり使われていない場所も。デイビスにかち合うと計画に支障をきたすから、お前にも特別にそういう道を教えてやるよ」

「それは楽しみです。是非教えてください。流石《さすが》はアランソン伯爵家の長子ですね。フェリクス様よりも頼りになります」

グスタフは、リュシーのわざとらしい誉め言葉にまんざらでもない顔をしたが、抜け目なくナイフで脅してくることはやめなかった。

しかも背後に密着することで、巧妙に武器の存在を隠している。仮に誰かに見られても、充分言い逃れできる予防線を張っていた。

――あまり侮ってはいけないわ。厳しい修道院を抜け出してきたことから考えても、馬鹿ではない。

グスタフを衝《つ》き動かしているのは、長い年月の間、熟成されたフェリクスへの憎悪だ。生半可なものではあるまい。グスタフの中で彼は被害者らしい。半分血が繋がった弟に理不尽に地位を奪われ、入りたくもない修道院に追いやられたと考えているのが明白だった。

「こっちにこい」

グスタフの案内で、これまでリュシーが訪れたことのない裏庭へ回る。そこには大木の影に隠れて、邸内へ続く粗末な扉があった。

「ここは以前食材の搬入口として使われていた場所だ。だが厨房《ちゅうぼう》を大きく改築した際に、使われなくなった。施錠はしてあっても単純な鍵だから、すぐに出入りできる。もっとも、この扉の存在自体今はデイビスくらいしか把握していないだろう」

グスタフの言葉通り、何度か石を叩きつけられた鍵は簡単に壊れた。

「この先は誰も通らない。俺がこの屋敷で暮らしていた時は、女を連れ込むのに丁度よかったんだ。部屋へ通すと、寵愛《ちょうあい》を得たと勘違いされて面倒だからな。欲を晴らすだけなら、小汚い場所でも問題ない」

「……っ」

突然腕を乱暴に掴まれ、リュシーは建物内に引きずり込まれた。直後、壁に押しつけられる。急に明るい日差しの中から薄暗い邸内に移動したせいで、目が慣れてくれない。数度瞬くと、下卑た顔をグスタフが近づけてくるところだった。

「久し振りにあの頃みたいに楽しむか」

恐怖で喉が引き攣れ、悲鳴も出なかった。

何か適当なことを言って、もう少し時間を稼がなければ。せめて部屋の中へ移動する間は無事だと考えていたせいで、リュシーは激しく動揺した。

自分の常識では、暗く不衛生な場所で欲望のためだけに女に触れる男がいるなんて信じられない。あの行為は愛を確かめ合うためであり、もっと神聖なものだと思っていたのだ。

――フェリクス様が私にそう教えてくれたから……

愛しい人はリュシーに触れる時、いつだって最高に優しく宝物を扱うよりも丁寧にしてくれた。いつしかそれが、自分にとって当たり前になっていたらしい。

互いに慈しみ労わり合って、愛情を伝える行為――それが、リュシーの知る全てだった。

「嫌……っ」

膨れ上がった嫌悪感が制御しきれなくなり、全身が強張る。グスタフが悪辣に顔を歪め、骨が軋む勢いでリュシーの手首を掴んできた。

「痛……っ」

「今更淑女ぶるなよ。お前の評判は聞いている。跳ねっ返りの世間知らずだろう？　俺がフェリクスよりももっと楽しませてやる。きっとお前も気に入るぞ」

片腕を拘束され、グスタフの身体と壁の間で押し潰される。苦しくてくぐもった声を漏らせば、彼はさも楽しそうに喉奥で嗤った。

「強気な女に立場を分からせるのは、気分がいい。どうせなら、みっともなく泣いてみろ」

「誰が、貴方なんかの思い通りに——」

「——リュシーは僕の思い通りにもならないのに、貴様の自由にできるわけがないだろう」

勇気を掻き集めたリュシーがグスタフに噛みつこうとした瞬間、第三者の声が聞こえた。

それも、ほんの一瞬でリュシーの心に届く声。緊張感を癒す、世界中の誰よりも愛おしい人の声だった。

「フェリクス様……っ！」

「お前……っ、当分戻らない予定じゃ……」

邸内へ続く通路の途中に立っていたのは、今一番リュシーが会いたいと希《こいねが》った人。心の支えで、守りたい唯一の相手。

夫の姿があることが信じられず、リュシーの両目から涙が溢れた。

「しばらく帰れないはずじゃ……」

「リュシーに会えない日が続いて申し訳なかったが……君を騙す形になってすまない。だが敵を『探す』より『誘い込む』方が最短で決着がつくと判断した」

また隠し事をされたのは腹立たしいし、きちんと説明してくれなかったのも悔しかった。それでも、フェリクスがリュシーのために行動してくれたことは痛いほど伝わってくる。

今だって、彼の双眸に宿る自分への愛情や労りを、見逃せるはずがなかった。

「……全部お前の計略だったとでも……っ？」

「貴様に協力者がいることは、分かっていた。僕が屋敷を離れれば、行動を起こすことも。そしてまんまと罠に飛び込んできたというわけだ」

「何だとっ？」

「あちこち改築しているのに、何故この扉だけがそのまま放置されていたと思う？　不要なら取り壊すか完全に閉ざしてしまえばいい。そうしなかったのは修道院に送られても不穏な動きを改めなかった貴様が、いつか事を起こすと踏んでいたからだ。侵入経路を絞ってしまえば、対策はいくらでも立《た》てられる。その上で決行日時もこちらが誘導すれば、罠を仕掛けるのは容易《やす》い」

気色ばんだグスタフは、すぐに驚愕《きょうがく》で目を見開いた。

自分の優位を確信していた男が顔色をなくし、無様に慌てふためく。何故なら、扉の外にはいつの間にか大勢の男性が武器を携え集まっていたからだ。その全員が軍服を纏っている。先頭に立っているのは、ロイだった。

「いつの間に……っ」

「妻を放せ」

「妹に危害を加えれば、ぶっ殺す」

外は屈強な男たちに包囲され、邸内への通路はフェリクスに塞がれていた。

グスタフは事態を掌握しているつもりが操られていたと知り、平静ではいられなくなったのだろう。理性をなくし血走った目をして、この場で一番脆弱《ぜいじゃく》なリュシーを睨みつけた。

「く、くるなっ、この女がどうなっても――」

「触らないでっ！」

首を絞められそうになった瞬間、リュシーは素早く下にしゃがみ込んだ。獲物を捕らえ損ねたグスタフの手が虚しく壁にぶつかり、嫌な音を立てる。

思い切り手首を捻った男が呻いている隙に、リュシーは頭から彼の腹に突っ込んだ。

「ぐは……っ」

我ながら、いい角度でみぞおちに入った。一片の容赦もなく全身のバネを使ったので、威力は相当なものだろう。やや首に負担がかかったけれど、そんなことはどうでも良かった。

「反撃されたら勝ち目がないから大人しくしていたけれど、勝機があるなら黙ってないわよ！」

リュシーはよろめいたグスタフを押しのけ、全力でフェリクスの元へ駆けた。

「フェリクス様！」

「リュシー！」

両腕を広げた愛しい夫の胸へ飛び込めば、彼は強くリュシーを抱きしめてくれた。微かに震える腕が、フェリクスの気持ちを表している。とても心配をかけたのだと、言われなくても伝わってきた。

「君が無事でよかった……！　巻き込んでしまい、すまない」

「この程度、平気です。何でもありません。お兄様に教わった護身術がこんなところで役に立つとは思いませんでしたが……それよりもフェリクス様は大丈夫ですか？」

巻き込まれた、というより自らリュシーが渦中に飛び込んだような形だが、細かいことは問題ではない。大事なのは、互いが無事で再会できたことだった。

「僕は何でもないよ」

「本当ですか？　私、自分の目で確かめないと安心できません」

「おいおい、兄の前で堂々といちゃつくなよ」

フェリクスの全身を触って確かめるリュシーに、呆れた声がかけられた。確かめるまでもなく、兄のロイだ。

夫婦の感動的な場面に水を差された心地で、リュシーは後方を振り返る。そこには、グスタフを制圧した兄がおり、グスタフはもはや無抵抗で床に転がり縛られていた。

「お兄様、気を利かせてくださいませ」

「たった今襲われかけていたのに、お前の精神は鋼《はがね》か。我が妹ながら、逞しすぎるぞ」

大きなお世話だ。傍から見ればリュシーは平然としているかもしれないが、実際には膝が震えている。一人で立っているのも難しい。

なかった。

どうにか足を踏ん張っていられるのは、フェリクスがしっかりと支えてくれるからに他ならなかった。

「――大丈夫。もっと僕に体重を預けてもいいよ」

耳元でフェリクスに囁かれ、ようやく安堵が身体中に広がった。この腕の中にいれば安全だと、心が叫んでいる。絶対に守ってもらえると、信頼感が膨らんだ。

――ああ……私、ちゃんと生きている……フェリクス様も無事なんだ……よかった。だけどどうしてこんな全員集合な状況に？

「……そういえば、何故お兄様がここにいらっしゃるのですか？」

「グスタフの協力者を通じて嘘の情報を流し、奴が今日屋敷に侵入するよう誘い込んだ。だから事前にロイにも協力してもらったんだよ。あいつはこれまでもずっと、グスタフの動向を探ってくれていたからね」

「そうだったのですか……」

初めて知る真実にリュシーは目を丸くした。だとしたら、フェリクスだけでなく兄も間接的に自分を守ってくれていたことになる。

「フェリクスは人使いが荒いんだ。本来なら俺ほどの地位になれば夜間任務なんて非常事態でもなければ回ってこない。それを都合よく振り回しやがって……」

「仕方ないだろう。ロイが一番信頼できて腕が立つ。だいたい自分の妹のことを他の奴には任せられないと言っていたじゃないか」

「それはバラすなよ」

恥ずかしげに顔を背ける兄を、リュシーはまじまじと見つめてしまった。

それなりに愛されているとは知っていたが、ここまでロイが妹である自分を大事に思ってくれていたなんて、想定外だ。

——お兄様ったら……これからは、もっと優しくして差し上げよう。

リュシーの中で兄の株がググっと上がった。

「とりあえず、俺は犯人を連れて行く。詳しい事情聴取や後始末は、後日にしてやるよ。大抵のことはデイビスが処理してくれるだろう。それで事足りる」

「貴様、放せ！　俺を誰だと思っている！」

強引に立たされたグスタフが怯えつつもロイに唸る。だが兄は全く気にする様子もなくグスタフの首根っこを掴んで持ち上げた。

「この場に残された方が悲劇だぞ？　フェリクスは俺より優しくないし、リュシーが関わるとどこまでも冷酷になれる。楽に死ねると思うなよ」

低い恫喝《どうかつ》の声に、普段の軽薄さは欠片もなかった。驚いたリュシーが肩を揺らすと、フェリクスがそっと摩ってくれる。

「ロイ、リュシーが怯えるのでやめてくれ」

「そっちこそ、妹に本性知られるなよ」

「当たり前だ。ただ僕に知られて困る本性なんてない」

「んん？」

リュシーは意味深な会話の意図を探ろうと、男二人の間で視線を往復させたが、彼らは何も語るつもりがないらしい。

嘆息したロイが「そういうことにしておいてやる」と言い、部下と共にグスタフを連れ去ってゆき、残されたのはリュシーとフェリクスの二人だけになった。

刹那、辛うじて保っていたリュシーの足から力が抜ける。

「きゃ……っ」

「怖い思いをさせて、すまない」

すぐに彼がリュシーの身体を横抱きにしてくれ、床に座り込むのは避けられた。温かい腕にしっかり支えられ、浮遊感が気持ちいい。再び涙がせり上がるのを感じ、リュシーはフェリクスの身体に抱きついた。

「……助けてくださって、ありがとうございます」

「助けるのは当然のことだし、むしろ僕が謝りたい。本当なら、グスタフと君が接触することなく、奴を捕獲するつもりだったのに――」

おそらくフェリクスの計画では、邸内に侵入したデイビスを捕縛する予定だったのだろう。

だが偶然その前にリュシーが見つかってしまった。

運命の悪戯と言わず、何と呼ぶ。皮肉な巡り合わせで、事態が混迷したのは確かだった。

「……いえ、私が一人になりたいなんて言わなければ……」

「庭園で奴と君が鉢合わせするとは、流石に想定外だったな。メイドたちに絶対に目を離すなと告げていなかったのが、失敗だった」

「彼女たちは悪くありません。我が儘を言った私に寄り添ってくれただけです」

まさか極僅かな時間で、主に危険が及ぶとはメイドたちも思わなかったに決まっている。しかも明るい時間帯だ。二十四時間警戒し張り付いているのは難しい。

まして四六時中誰かが傍にいることをリュシー自身が苦痛に感じ爆発寸前だったのだから、責められるべきは自分である。

決して彼女たちの責任問題になってはいけないと、リュシーはフェリクスを見つめた。

「罰なんて与えないでください。どうしても誰かが責任を取らねばならないなら――私が何でもお引き受けいたします」

「へぇ？　元々メイドを叱責するつもりはなかったが――君が責任を取るって言うなら、それも悪くないね？」

「え」

ニヤリと笑う彼は、『よからぬこと』を考えている時の表情だ。主にベッドの中で見かける顔で、フェリクスはリュシーを覗き込んできた。

「あ、その、何でも……は言いすぎました」

「何をしてもらおうかな。グスタフに捕まった君を見て僕の心臓は壊れそうになったから、その分リュシーにもドキドキしてもらいたいな」

「ちょ、待ってください。特に不要なら、誰も責任を取らなくていいのでは……」

控えめな意見は丸ごと無視され、リュシーは彼に抱きかかえられたままホールを抜け、階段を上り、自室まで連れていかれた。

その間、ずっと横抱きにされている。流石にフェリクスの腕が心配になったが、彼は少しも疲れた様子を見せず、リュシーを恭しくベッドに下ろした。

「お、重かったでしょう……」

「ちっとも。それより真っ赤になって可愛いなと思っていた」

「……っ」

会えなかった時間を取り戻すかのような甘い台詞が、リュシーを耳から蕩けさせてゆく。

熱い吐息が迫ってきたと感じた瞬間には、額に口づけられていた。

「この数日、君に会えないのが辛くて、いっそグスタフが早く乗り込んでこないか苛々していた……」

「私も……フェリクス様に会いたくて堪りませんでした」

寂しさのあまり、彼への愛情を再確認せずにいられなかったほど。こうして相手の体温を感じる近さにいられることが嬉しくて、リュシーは自らフェリクスに抱きついた。

「積極的だね」

肌に触れるという意味では、彼とグスタフがしたことは同じなのに、受ける影響は全く違った。まず心が潤う。次いで身体が温もって、ふわふわと心地よくなった。

こんな気分を味わえるのは、相手がフェリクスの時だけだ。リュシーの中で改めて愛おしさが大きくなる。全身が好意を叫んだ。

「……グスタフ様は、フェリクス様を逆恨みしているようでした。今後、また危害を加えてくることはありませんか？」

それでも、これだけは確認しておきたい。

不安を抱えたまま平気な振りをするのは嫌だ。万が一これから先も危険な目に遭う可能性があるなら、せめて覚悟はしておきたかった。

「大丈夫だ。今回の件で父上がもっと厳格な監視下に置くことを了承してくれた。重罪を犯した貴族が送られる監獄への収監が決まっている」

「え……でもあそこは政治犯や余程世間を騒がせた重罪人しか……」

今回の件だけで言えば、弱いと思う。グスタフがしたのは、修道院の脱走と、許しなくアランソン伯爵家に乗り込んだこと、リュシーへの乱暴だ。

　脱走自体は法律に触れない上、アランソン伯爵家へ侵入したことも、実家であれば特別罪に問われる話ではなかった。更に、リュシーに対する暴挙に関しては、怪我をしたなどの実害がない。どれも言い逃れできる程度だ。だが――

「……過去の悪事は、そうはいかない」

「ぁ……」

　過去の悪事。その言葉にリュシーは瞠目した。

　説明されるまでもなく、フェリクスの母親に纏《まつ》わる事件の話だと分かる。

　夫は事故という結論に納得しておらず、ずっと自ら調査を続けていたらしい。兄も長い間協力していたと言われ、リュシーは驚きを隠せなかった。

「昔からロイは、僕の力になってくれた。軍人になったのも、様々な機密に触れられるからだ」

「お兄様が……」

「僕は君たち兄妹に出会えたことが、人生最高の幸運だと思っている。ロイが当時の記録の矛盾を見つけてくれたから、再捜査の道が開けた」

　そこから証拠や証人を徹底的に洗い直し、ようやくグスタフの罪が暴かれたとフェリクスが教えてくれた。彼の母の死はやはり事故ではなく、確実にグスタフを罪に問えるらしい。

　しばらく前に三人で丘に行った際、ロイが言っていた『夜間任務』もこの一件であったそうだ。

「ですがお義父様は……相当衝撃を受けられたのでは……」

息子が妻を殺《あや》めたのが事実だと、もう一人の息子に突き付けられ、冷静でいられるはずはない。どちらの肩を持ったとしても、必ず溝ができる。

疑わしくても不確定であれば、曖昧に濁し目を背けていられたとしても――

「今回ばかりは現実と向き合っていただく。それに――父自らグスタフを監獄へ収監するための手続きを取られた。せめてもの親の義務だと……二日前に受け取った手紙には、僕への謝罪も綴《つづ》られていた。――……だからもう、許そうと思う」

「フェリクス様……」

「完全に許せるには、まだ時間がかかると思うけどね。父は当時明確な証拠が出なかったことで、グスタフを信じようとした。……親なら、我が子の無実を信じるのは当たり前の感覚かもしれないし、僕を遠ざけることで守ろうとしてくれていたのも、今なら理解できる」

許しを与えるのは、言うほど簡単なことではない。ひょっとしたら、一生かかっても過去の諸々《もろもろ》を水に流すのは難しい。それは彼自身が一番分かっているだろう。

それでも許そうと一歩踏み出したフェリクスが、リュシーにはとても眩しく感じられた。

――なんて強くて優しい人……

きっと茨《いばら》の道だ。これから先、何度も苦しみを味わうはず。だが彼なら、歯を食いしばってでも歩みを止めることはないと思う。

そんな努力家な一面も愛おしい。全てがリュシーにとって最高の人だった。

「……私、フェリクス様を癒せるでしょうか」

「え?」

「貴方がとても傷付いているのが分かります。私にその憂いを完全に払って差し上げることはできませんが、ほんのひと時でも心を軽くするお手伝いをさせてください」

彼と真正面から視線を合わせ、真摯に告げた。

嘘偽りのない本心だ。フェリクスの役に立ちたくて、リュシーは彼の唇に自らキスをした。

触れるだけの拙い口づけ。けれど、驚いた顔でフェリクスがこちらを見つめてくる。その双眸に映るのが自分だけだと思うと、堪らない愉悦が身の内に湧き起こった。

「貴方が好きです。私はフェリクス様に大事な人と触れ合うと幸せになれると教えてもらいました。今度は……私がその気持ちを返したいです」

彼の頬を両手で包み、愛しさを込めて撫《な》で下《お》ろす。そのまま下降した手で、リュシーはフェリクスのクラバットを緩めた。

「リュシー……ッ」

戸惑う彼をあえて無視して、ジャケットを脱がせシャツのボタンを外していった。

最初こそ動揺していたフェリクスも、次第に黙ってされるがままになってくれる。むしろこちらの動きを注視し、小さく喉を鳴らした。

「じっとしていてください」

彼の肩を押し、ベッドにフェリクスを仰向けに寝かせ、リュシーが覆い被さった。これまでとは違う視界にドキドキする。見下ろした男の美貌は圧倒的で、黒い瞳の奥にちらつく情欲の焔がこちらにまで燃え移る錯覚がした。

――それもまた、心地いい……もっと私を求めてほしい。

彼の素肌に触れ、硬い胸板を弄り、フェリクスの表情を確かめずにはいられない。とは言え、いつもされるばかりで、こちらから具体的に何をすればいいのか分からなかった。

だが愛しい想いを伝えたくて、リュシーは唇をフェリクスの首から胸へたどたどしく這わせてゆく。

――フェリクス様はいつもこんなふうに私を高めてくださる……

吸い付いて、舐め、指先で辿りながら、時折圧を加えてくる。リュシーが慣れてくると、次第に力加減が強くなっていったように思う。

――乳房の頂を転がしたり……指の腹で捏ねたり……

羞恥を堪え、思い出せる限りのことを返していった。自分ではなかなか上手くできた気がする。しかし実際には、男の身体を撫《な》で回《まわ》し子犬のように舐めているのと変わらなかった。

「……っ、ちょっと擽ったい」

笑いを堪えた彼が身を震わせる。どうやら快感ではなく掻痒感しか与えられなかったらしい。

「だ、駄目ですか？」

「駄目ではないしリュシーが頑張ってくれて嬉しいが、僕は君が喜ぶ姿を見るのが一番好きなんだよ」

「あ……っ」

腰を抱かれたと思ったら、次の瞬間には景色が反転していた。

ベッドに仰向けで転がったリュシーの上に、フェリクスがいる。ある意味見慣れた光景が広がっていた。

「フェリクス様……っ！」

「何でもすると言ったよね？　だったら、可愛い声を聞かせてほしい」

「ひゃ……っ」

顔中にキスをされ、首筋も柔らかく食まれる。その隙に手早くドレスは乱されて、リュシーは気づけば生まれたままの姿にされていた。

裸の上半身を重ねると、この上なく気持ちがいい。大好きな人との接触は、心の栄養になる。

リュシーがうっとり目を閉じれば、彼が微笑みながら額同士を合わせてきた。

「愛している。これからも僕の傍にいてくれ。そのためなら、何だってするよ」

「私も同じです。だから……フェリクス様も無茶をしないでくださいね？　辛い時や困っている際は、私に寄りかかってください。もし打ち明けられないことでも、隣に座ることはできますから」

これから先も彼は秘密を抱える予感がある。だが全てはリュシーを思ってのことだ。多少面白くなくても、根底に愛情があると思えば受け入れられた。

「貴方の全てを把握できるとは思っていません。隠し事もある程度仕方ないと分かっています。でも私から心配する権利を奪わないでください」

「リュシー……君って人は――本当に僕をとことん虜《とりこ》にする」

破顔したフェリクスに力強く抱きしめられ、熱烈な口づけが贈られた。

息苦しいほどのキスは、呼吸すらままならない。何度も唇を重ねられる度、リュシーの全身が火照っていった。

「ぁ……っ」

赤く色づいた胸の飾りを摘まれ、もう片方は口内へ招かれる。左右異なる刺激は、全て悦楽に変換された。

吐き出す息が甘く濡れる。早まる心音は、ベッドを揺らさないのが不思議なほど加速していった。

「リュシー、僕を癒してくれる?」

「も、勿論です……っ」

早くも息が上がってしまったリュシーは、強がりつつ彼の頭を抱きしめた。

身体のあちこちに刹那の痛みが刻まれ、赤い痕が残される。一つ一つ愛情の証だと思えば、いずれ消えてしまうのが残念だった。

リュシーの肌に沢山の花弁を刻印し満足したのか、フェリクスがおもむろに上体を起こす。

見せつけるように下衣を脱ぎ捨てるものだから、一瞬も目が離せなかった。

——もう、あんなに……っ
彼の肉槍は、既に逞しく勃ち上がっている。先端からは透明な滴が溢れ、一見凶悪に見えた。

けれどフェリクスの一部だと思えば、たちまち愛おしさが募る。リュシーの内側が甘く痺れ、早くも蜜路が騒めくのがはっきり感じられた。

リュシーの膝に置かれた彼の手で脚が広げられるのに逆らわず、踵を左右へ滑らせる。

見られていると意識するほど、蜜口が疼いて堪らなかった。

「何度見ても綺麗だな」

「そ、そんなところ、じっと見てはいけません」

「どうして？　僕の特権なのに」

「あ……！」

わざとらしい笑みで宣ったフェリクスが、『見る』だけに留まらずリュシーの足の付け根に顔を寄せてきたので、慌てずにはいられない。

だが媚肉に息を吹きかけられただけで愉悦が込み上げ、リュシーの四肢から力が抜けた。

「期待してくれているみたいで、嬉しいな」

「ち、違……っ、ぁ、んぁッ」

口では否定しながら、身を捩りもしないのがリュシーの本音同然だった。

彼の舌が肉粒を捕らえ、ねっとりと舐め上げる。舌先で押され転がされれば、すぐさまリュシーの腰が戦慄《わなな》いた。

「んぅ……ぁ、は、ぁあ……っ」

全身が汗ばみ、際限なく体温が上がってゆく。体内も熱を帯びるのか、奥から溢れる愛蜜の量は増える一方だった。

「ぁ、や……っ、もう……っ」

こういう行為自体久し振りのため、これまで以上に感じてしまう。あっけなく高められたリュシーは、太腿を閉じフェリクスの顔を挟みこんだ。

「こら、これじゃ動けないよ」

「だって……っ」

優しい注意と共に下腹を撫でられ、彼の掌の温度と重みにゾクゾクとした。

口元を淫猥な液体で濡らした夫の姿に、リュシーの官能が煽られる。どうしようもなく昂って、呼気が震えた。

「……僕が欲しい？」

こんな時でなければ、素直に認めるのは躊躇われる。だが恥ずかしさよりも渇望が勝り、リュシーは何度も頷いた。

フェリクスが欲しくて仕方ない。他には何も考えられないほど、彼と繋がりたい欲で心も身体もいっぱいだった。

蕩けきった瞳に懇願を乗せ、必死にフェリクスを誘う。更にリュシーは両手を伸ばし、抱擁をせがんだ。

「……もっと……内側までフェリクス様と密着したいです……」

「……っ」

あまり表情は変わらないのに、彼の目尻や耳が真っ赤に染まった。それを見られただけで、苦しいくらい胸が満たされる。歓喜や高揚、そういうものがリュシーの中で破裂しそうになった。

「仰せのままに」

正面から抱き寄せられ、全身でフェリクスを感じる。重なった胸越しに彼の心音が伝わり、呼吸の度に僅かな動きも感じ取れた。

「……こうしているだけでも、最高に幸せです」

「僕もだ。でも正直に言えば、ずっとこのままは辛い」

充分にそそり立ったフェリクスの楔がリュシーの下肢に押しつけられ、彼が何を言わんとしているのか分からないわけがない。

リュシー自身もここで終わりにされれば辛い。幸せではあるものの、人は貪欲だ。一つ与えられれば、その次が欲しくなる。

今度は心だけでなく身体も満たしてほしくて、リュシーは彼の背筋を意味深に摩った。

「……っ」

声になりきらない吐息をフェリクスがこぼし、彼の筋肉が強張るのを楽しむ。見事な造形を指先で辿る度、男の息が熱く滾った。

「……これも、擽ったいですか？」

「どちらかと言うと、もどかしいな……」

蜜口に昂ぶりの切っ先が宛《あて》がわれ、蕩けた入り口を捏ねられた。充分すぎるほど濡れそぼったそこは、いとも容易く長大な質量を呑み込んでゆく。

淫窟をこそげながら突き進んでくる剛直に、リュシーはか細い嬌声を漏らした。

「……ぁ……あ……」

入れられただけで意識が飛びかかる。呼吸の振動が体内に伝わって、愉悦を産む。己の蜜道が騒めき、十日振りの愛しい男の形を大喜びで咀嚼した。

「リュシー……」

自分と同じかそれ以上の快楽をフェリクスが得てくれていることは、彼の声や表情から明らかだった。燃える眼差しをこちらに据え、全てで愛情を伝えてくれている。

触れる素肌も、絡みつく腕も、漏れ出る官能の呻きも。全部がリュシーだけに捧《ささ》げられた贈り物同然だった。

「ん……ぁ、あ」

腹の中に大事な人がいる感覚を噛み締め、充足感に打ち震える。見つめ合ったまま繋がったため、フェリクスの様子を余すところなく観察できたことも大きい。

切なく細められた瞳、滴る汗、額に張り付いた髪、呼吸の度に膨らむ胸、躍動する筋肉。

何もかもが逸楽の材料になった。

「あ……っ、いつもより、大きい……っ」

「……ッ、そういう発言は、控えた方がいい。僕が優しくできなくなる」

「ん、ぅ……フェリクス様は意地悪な時もありますが、私に本気でひどい真似なんてしたことがありませんよね……?」

基本的に彼は優しい。優しすぎて、わざと遠ざける方法しか選べなかったように。

「信用されているのは嬉しいが、二度と君を傷つけたくないからこれでも頑張って耐えているんだよ」

絞り出されたフェリクスの言葉に嘘はないのだろう。顰《ひそ》められた眉は真剣で、余裕のなさが窺えた。だがギリギリのところで理性を保ってくれている。

——全部、私のために……。

「傷つきません。それにもしフェリクス様が理不尽なことを言い出したら、今度は全力で言い返します。私だっていつまでも守られているだけの子どもではありません。——ふ、夫婦ですから支え合って生きていきましょう」

照れながらリュシーが告げれば、彼が眩しい笑顔を返してくれた。

「ああ。リュシーの言う通りだ。本当に君が愛しくて堪らない」

「……ぁ、ア……っ」

緩やかに始まった律動は、あっという間に激しいものへ変わった。

汗を飛び散らせながら、リュシーもフェリクスに合わせて腰を振る。互いに肢体を絡ませながら、より相手が快楽を得られるように息を合わせた。

「……はぅ……っ、ァ、あぁあ……ッ」

昇り詰めながら淫靡なキスに溺れ、舌先を絡ませ、夢中で貪る。汗に塗れた身体が滑り、必死でしがみつき、接触面積が増えた分だけ悦びも大きくなった。

内も外も彼でいっぱいになり、他のあらゆるものが遠退く。蜜壺を攪拌され、絶頂の予感が限界まで膨らんだ。

「あ……ぁあああッ」

「……っく……ぁ、リュシー……ッ」

ほぼ同時に達し、腹の奥に熱いものが注がれた。乱れた息すら愛しくて、整わない呼吸のまま口づけを交わす。

他の誰にも許さない場所が、彼の子種で染め上げられる。この先もフェリクスだけがリュシーの全てを知っているのだと思えば、優越感と感動が広がった。

――そしてこの人を一番詳しく知るのも、私だけ……

それは何て幸せなことか。

未だ彼のものはリュシーの内側に収められたまま。抜け出てほしくなくて、リュシーは自らの両脚をフェリクスの腰に搦めた。

「……もう少し、このまま……」

「奇遇だね。僕も同じ気持ちだ」

「え……っ？」

リュシーの中で、再び彼の楔が首を擡げた。如実に感じられる変化が、殊更にいやらしい。もう終わったと思っていただけに、戸惑いは大きかった。

「あの、フェリクス様……？」

「まさか一度で終了だなんて思っていないよね？　僕は足りない。もっと君を味わいたい」

「ま、待って……」

嫌では当然ない。けれど達したばかりで疲れてもいた。

そんなリュシーの思いとは裏腹に、膣《ちつ》道の中で彼の昂ぶりはますます硬度を増してゆく。濡れ襞を押し広げられ、未だ去らない喜悦が新しく掘り起こされた。

「あ……ぁん」

「愛しているよ、リュシー」

「わ、私も……ですが少し休憩を……ひ、ぁああッ」

その日、夕刻近くになるまで、寝室の扉が開かれることはなく、デイビスが一人で事態収拾に駆けまわったことは言うまでもなかった。

エピローグ

緊張気味に挨拶したリュシーは、「かしこまらなくていい」という掠れた声で顔を上げた。

室内には大きなベッドが置かれている。そこで気だるげに上体を起こしているのは、顔を合わせるのが今日で二度目の義父だった。

「こんな格好で申し訳ない。少し体調が思わしくなくてね」

「気になさらないでください。お会いしてくださり、ありがとうございます」

「遠路はるばる私に会いに来てくれたんだ。こちらも嬉しくて、元気を貰った気分だよ、さ、二人とも座ってくれ」

そう言いつつも、義父の顔色は決して良くなかった。

グスタフが捕縛され、二度と出ることは叶わない監獄へ送られてから、もともと頑健でなかった義父の身体は、更に衰弱したそうだ。寝付く頻度が増え、食欲も落ちているという。

もっとも、それ以前から度々病を得ることがあり、父親の監視が弱まっていることを察したグスタフが修道院からの脱走を企てたのは、想像に難くない。

——お義父様はさぞや心労が祟《たた》ったことでしょう。信頼を裏切られたのだもの。

そんな折、案じることしかできないリュシーに対し、社交シーズンの終わりに合わせ、フェリクスが領地に行くことを提案してくれたのだ。

『もう何年も帰っていないから、母の墓所にも行きたいし……』

言い訳めいた物言いをしながら、彼が父親を心配しているのは明白だった。

こうして実現したフェリクスにとって約十三年振りの帰郷。リュシーにとっては、初めて踏むアランソン伯爵家の領地である。

「以前領地の大部分を手放してしまったのだが、フェリクスが買い戻してくれてね。更に新しい農業技術や畜産の知識をもたらしてくれ、かつてのような豊かさを取り戻しつつある。あまりにも優秀だから、私の息子とは到底信じられないよ」

冗談めかした言葉に潜む自嘲を嗅ぎ取り、リュシーは切なさを隠した。

こうして対面し、義父は息子たちを差別するような男性ではなく、ひたすらに優しく弱い人だと分かった。

愛しているからこそグスタフの裏の顔から目を背け、結果最悪の事態を招いたのかもしれない。その上で最後は自らの手で幕を引いた。息子を司法の手に委ねるという方法で。

想像するまでもなく、それは義父の心身に深い傷を残したに違いない。如実に健康を害してしまうほど、消せない深手になったに決まっていた。

「……そんなに痩せてしまっては寒いのではありませんか。これを羽織ってください」

そんな父の様子を見たからか、フェリクスがごく自然な仕草で父親の背中を支え、ガウンを肩にかけた。

まだ父子の間には、会話らしい会話が交わされていない。

――時間がかかるのは当然だわ。だけど……今回ここに来られてよかった。

グスタフの起こした事件は全て白日の下に晒され、完璧に揃えられた証拠に、流石に言い逃れはできなかったらしい。

修道院の協力者やアランソン伯爵家の内通者、それから陰でグスタフを支援していた傍系の親族を含め、全員が何らかの罪に問われるか、または放逐された。

彼らがフェリクスやリュシーに関わることはこの先二度とない。勿論グスタフ自身、生涯監獄の外に出られないことが決定していた。おそらくは今頃、修道院での生活の方が随分マシであったと痛感している頃だろう。

「……フェリクス……私はそろそろ正式にお前に爵位を譲ろうと思う」

「え？」

「これまでも当主としての責務はほとんどお前が代行してくれていたから、特に問題はあるまい。元々今のアランソン伯爵家があるのは、フェリクスのおかげだ」

義父の代でも家門を復権させようと努力していたはずだが、グスタフの醜聞に関わる舵取《かじと》りを誤り、一層困窮した過去がある。そこへ今回新たな心労が加わり、すっかり心が折れてしまったようだ。

――身体が弱れば、心も脆くなるものね。まして大事な息子を自らの手で断罪したとなれば、気力が乏しくなっても不思議はないわ……

リュシーは、この件に自分が口を挟むべきではないと感じ、そっと俯く。

切ない沈黙を破ったのは、フェリクスだった。

「いいえ、それは時期尚早です。僕はまだ――父上に教えていただきたいこともありますから。どうか、一日も早く元気を取り戻してください」

「フェリクス……」

二人の会話はそこで一度途切れた。

義父は驚きに目を見張り、我が子を見つめる。対してフェリクスは、父に背を向けて立ち上がった。

「あまり長く話すと、お身体に触ります。しばらくここに滞在するので、続きは明日にしましょう」

「あ、ああ」

「失礼します。――行こう、リュシー」

「は、はい。失礼いたします」

急《せ》かされる形で促され、リュシーは慌てて腰を上げた。

――今のは……フェリクス様の最大限の歩み寄り……よね？

長らく止まっていた親子の時計を、前に進めようと遠回しに告げている。共に暮らした年月の方が短いけれど、この先は別の時間を築けるのかもしれない。本当の家族として。

振り返ると、義父は静かに涙を拭っていた。フェリクスの背中には緊張感はあっても張り詰めたものはない。こっそり彼の耳を盗み見ると、ほんのりと赤かった。

まだこの二人が朗らかに笑い合う日は遠いに違いない。それでも――いつかはと明るい未来がリュシーには垣間見えた気がした。

あとがき

初めましての方もそうでない方もこんにちは。山野辺りりと申します。

今回は、性格は良いのに意地っ張りで、やや頑固なヒロインが頑張るお話です。

初恋相手にこっぴどく振られ、恋愛に夢を持たないと誓って数年。親が決めた結婚相手がなんと自分を袖にした男だと知り、大混乱。

ひどい言葉と態度で自分を振った彼が、金のためなら父親から提案された結婚をホイホイ受け入れるのかと思い、怒りを滾らせます。

まぁそりゃそうですよね。本人には興味がなくても、金には価値を見出したから仕方なく結婚してやると言われているのも同然ですから。少なくともヒロイン視点から見れば、とんでもない話です。

しかし悲劇を気取るなんて弱々しい真似をせず、一矢報いてやろうと画策するヒロイン。

逞しくて、私が惚れそう。

とにかく泣くよりも行動する、ある意味アグレッシブなヒロインです。頑張る方向が、少々明後日なのですが。

こういう女性、私は大好きなのですが、時代や環境によってはかなり生き難いと思います。

『普通』から外れてしまうので。

今の時代なら長所になり得ても、価値観が違う場所では短所になってしまう。けれどめげない。

そういうヒロインの努力を見守っていただけたら、嬉しいです。

そしてヒーローは、なかなか本心を語らない男……彼なりに『言えない』『言わない』事情があるとはいえ、対話って大事だなぁと感じていただけたら、幸いです。

今回、イラストを描いてくださったのは、ことね壱花先生です。

ヒロインは可愛く気が強そうで、ヒーローは粘着性を感じさせる美形です。最高か。

いつも素晴らしいイラストなので、今回も誰より私がとても楽しみにしています。

この二人がすったもんだするのか……と思うと、ラフの段階でニヤニヤしました。

可愛い女子には感情を爆発させてもらいたいし、格好いい男子には苦悩してほしい。きっと皆様もこの気持ちを分かってくださるはず。

キャラたちには幸せになってもらいたいのは間違いないのですが、同時に色々試練を与えたくなるのだから仕方ない。

叶うなら七転八倒しつつ困難を乗り越えてくれ。私の創作の登場人物になってしまった時点で、ほのぼの日常は諦めていただこう。それは無理だ。

だいたい私の本を読もうとしている読者様も、ふわふわ可愛いお話を望んではいませんよ

ね？（暴言）

え、お前が普段どういう話を書いているかなんて知らないよという方は、事故に遭ったと思って諦めてください。

でもこちらは結構可愛いストーリーに仕上がっています。たぶん。

担当様を始め、デザイナー様や印刷、物流、書店の方々、この本の完成までに携わってくださった全ての方に感謝しています。

本当にありがとうございました。

いつも幸せを噛み締めさせていただいております。

勿論、この本を手に取ってくださったあなたにも、最大限の感謝を送ります。心より、ありがとうございます。

またどこかでお会いできることを願って！

山野辺りり

Mitsuneko Label

蜜猫文庫をお買い上げいただきありがとうございます。
この作品を読んでのご意見・ご感想をお聞かせください。
あて先は下記の通りです。

〒102-0075 東京都千代田区三番町 8 番地 1 三番町東急ビル 6F
(株)竹書房　蜜猫文庫編集部
山野辺りり先生 / ことね壱花先生

私をふったはずの美貌の伯爵と政略結婚…からのナゼか溺愛新婚生活始まりました!?

2023 年 4 月 28 日　初版第 1 刷発行

著　者　山野辺りり　
発行者　後藤明信
発行所　株式会社竹書房
〒102-0075 東京都千代田区三番町 8 番地 1 三番町東急ビル 6F
email : info@takeshobo.co.jp
デザイン　antenna
印刷所　中央精版印刷株式会社

山野辺りり
Illustration サマミヤアカザ
軍神王と人質の花嫁
甘い口づけは蜜愛の予感
まずは俺が嫉妬深いことを
教えてやる

同盟の証にと人質同然にナルテユス国に嫁いできたルシア。妾腹で要らない王女扱いされていた彼女は軍神王ダライアスとその国民に思いがけず歓迎され困惑する。戦時下、傷病兵を慰問し、国籍問わず助けようとしたルシアはナルテユスでは人気が高かったのだ。「声が甘くなった。もっと聞かせてほしい」若く美しいダライアスに溺愛され次第に自信をつけるルシアだが、自国から異母妹が突然ナルテユスを訪問したいと言ってきて!?

不遇な伯爵令嬢は
雨の日に運命と出会い溺愛される
七福さゆり
Illustration KRN

辛い記憶が思い出せないぐらい幸せにしてみせる

伯爵令嬢メロディは継母と異母妹に睨まれ、実父にも見捨てられ使用人以下の扱いを受けていた。ある日耐えきれず屋敷を逃げ出した彼女は教会で第一王子エクトルと出会う。彼はメロディを知っていたようだった。彼の持つ不思議なブローチに運命の伴侶だと選ばれ王宮に連れ帰られるメロディ。「そんなに煽られたら自分が抑えられなくなる」エクトルに溺愛され美しく花開く彼女だが、異母妹がなお姉を害そうと陰謀を巡らせていて!?